Ob Liebe, Hobby, Haushalt, Beruf -
"frau" kommt klar im Leben
Raus aus den Pantoffeln und rein ins Fettnäpfchen
wenn's denn dem Spaß beim Lesen dient

Die Heldin?
zeigt sich souverän - und anhänglich
kämpft überlegen mit den Tücken des Objekts
krault und zaust ihren inneren Schweinehund
durchschaut hellsichtig eigene wie fremde Schwächen
taucht mutig bibbernd den Zeh ins eiskalte Wasser ...

Und ihre Bühne?
sind die Geschichten
deren Drehbuch das Leben selber schrieb
überraschende Auflösung garantiert

Liebevoll witzig präsentiert Gisela Reuter ihre quirligen Skizzen alltäglicher Zufälligkeiten, die von den kleinen Unwägbarkeiten des Daseins handeln. Sie entlarvt die Stolpersteinchen im Getriebe der Alltagsroutine, die sich dann oft als ganz besondere, sehr kostbare Momente erweisen.

Helga Rougui

Die Autorin:

Gisela Reuter, Jahrgang 1957, lebt mit ihrer Familie im Rheinland und ist beruflich als Sachbearbeiterin im öffentlichen Dienst tätig.
Neben ihren Hobbys, dem Zeichnen und Gitarre spielen, hat sie im Jahre 2006 die Freude am Schreiben von Kurzgeschichten entdeckt.
http://www.reuter-gisela.de

Gisela Reuter

Auf Herz und Gewissen
Heitere Erzählungen

hs-LiteraturverlaG

Erstauflage
Juni 2011
HS-Literaturverlag, Heinz Spicka, A-7121 Weiden am See
www.hs-verlage.at

Text:
Copyright © 2011 Gisela Reuter
Alle Rechte vorbehalten

Lektorat: Evelyne Weissenbach

Umschlag:
Copyright © Heinz Spicka
Aquarell "Weiden am See, Neustift"

Druck und Herstellung:
Print Group Sp. z o.o. Szczecin
ISBN 978-3950-28837-7

Auf Herz und Gewissen

Auf Herz und Gewissen	9
Gute Fahrt	16
Die Kunst des Nähens	22
Die Vorweihnachtsdiät	28
Getankt?	35
Waldi	39
Sekretärinnengipfel	43
Sport für Wintertage	49
Cleopatra	54
Anglerglück	59
Die Lösung?	64
Ein geheimnisvolles Wort	71
Matjesparty	76
Kreuzfahrt auf der Bellariva	80
Autowäsche	84
Auf den Spuren der Jugend	87
Kein Maulwurf	93
Karneval in Kölle	98
Schreck in der Mittagsstunde	101
Schwein gehabt	105
Über den Wolken	109
Amanda	113
Wenn die Bahn von links kommt	120
Wie in jedem Jahr	127
Der Kaffeeautomat	134
Der Sportbootführerschein	138
Der Weihnachtsbaum	142
Der achtzigste Geburtstag	145
Lili Wirbelwind	151

Für Tim und Julia

Auf Herz und Gewissen

Die Tür geht auf und ein Golden Retriever schreitet ins Wartezimmer. Am anderen Ende der Leine befindet sich ein Herr, bei dessen Anblick ich um ein Haar das Atmen vergesse.

Richard Gere!

Natürlich nicht persönlich, aber die Ähnlichkeit mit ihm ist derart verblüffend, dass mir die Spucke wegbleibt. Für den Bruchteil einer Sekunde sehe ich mich im Kino sitzen. Julia Roberts im Hotel. Auf der Pferderennbahn. Beim Shoppen. Eine herzergreifende Romanze.

Während Richard freundlich grüßt und Platz nimmt, versuche ich angestrengt, meinen Blutdruck und gleichzeitig meinen Pudel unter Kontrolle zu halten. Mit solch einem Mann im Wartezimmer zu sitzen, ist schon ein ausgesprochener Glücksfall und ich stiere ihn an wie einen Außerirdischen.

Amüsiert grinst Richard zu mir herüber und ich spüre, dass ich erröte. Verschämt wende ich den Blick ab, zerre meinen nervösen Pudel auf den Schoß und starre zur Abwechslung auf den Golden Retriever. Wie brav er zu Richards Füßen liegt. Ein Ohr umgeklappt und die Vorderpfoten übereinandergeschlagen. Richard beugt sich zu ihm herab und gräbt seine wunderschön geformten Hände ins Hundefell. Hinreißend sieht das aus. Überhaupt geben die beiden ein herrliches Bild ab. Herrchen und Hund. Partner und Kumpel.

Richard, in Jeans und weißem Hemd, riecht außerdem verdächtig gut nach herbem Rasierwasser.

»Hach«, seufzt mein Herz.

»Wie albern«, stöhnt mein Gewissen.

Und mein Pudel zittert wie Espenlaub. Wie immer, wenn wir beim Tierarzt sind. Hoffentlich pieselt er mir nicht auf die Hose. Er quiekt erbärmlich. Zärtlich drücke ich ihn an meine Brust, tätschle seinen Rücken und stelle mir vor, er sei Richard. Ich schließe einen Moment die Augen, doch mein Gewissen holt mich augenblicklich in die Realität zurück.

»Reiß dich zusammen«, schimpft es. »So einer wird verheiratet sein.«

»Spaßbremse!«, zischt Herzchen.

Richard schaut derweil aufmunternd zu uns herüber.

»Na, da hat aber jemand Angst.«

Seine sonore Stimme jagt mir eine dreifache Gänsehaut über den Rücken. Sein Blick drückt echtes Mitleid aus und es gelingt mir lediglich stumm zu nicken. Meine Zunge klebt am Gaumen, mein Magen macht einen Flic-Flac, und wie ich jemals wieder Spucke in meinen Mund kriegen soll, ist mir ein Rätsel.

»Los, sag was«, fordert Herzchen mich ungeduldig auf.

»Bloß nicht!« Mein Gewissen hält sofort energisch dagegen

»Doch«, kräht Herzchen. »Sonst denkt er noch, du seist unfreundlich.«

Ich werfe zur Speichelflussanregung ein Bonbon ein, räuspere umständlich meinen Frosch aus der Luftröhre und versuche gleichzeitig, meine Anspannung wegzuatmen.

Richard sieht mich erwartungsvoll an.

Mein Herz drängelt energisch, und unfreundlich will ich nun wirklich nicht erscheinen. Das Bonbon befördere ich vorübergehend mit der Zunge in die rechte Wangentasche und trommle allen Mut zusammen. Zaghaft blicke ich zu Richard, der noch immer hingebungsvoll seinen Hund krault.

»Ifft Ihr Hund auch frank?«, höre ich mich gleich darauf nuscheln.

Scheiße.

Dämlicher geht's nicht. Natürlich ist er krank. Sonst wäre

er ja nicht hier.

»Vermasselt«, jammert Herzchen.

»Bescheuert«, schimpft mein Gewissen.

Aber Richard lächelt amüsiert. »Nein, nein, Arco wird geimpft.«

Puh. Schwein gehabt.

Arco, hach, welch schöner Name. Und bei Richards Lächeln schmelze ich augenblicklich dahin wie Gorgonzola in heißer Sahnesoße.

Mein Pudel äugt derweil vorwitzig zu Arco. Der legt den Kopf schräg und schaut mit treuem Hundeblick zurück.

»Siehste«, brabbelt Herzchen. »Die mögen sich auch.«

Ich zerkaue nervös den Bonbonrest und schicke ein Stoßgebet in den Himmel, dass sich der Tierarzt bitte um Einiges verspäten möge.

Mein Gebet wird unverzüglich erhört, die Tür zum Wartezimmer fliegt auf.

»Der Doktor muss zu einer gebärenden Schäferhündin«, verkündet eine resolute Stimme im weißen Kittel. »Möchte jemand einen neuen Termin? Möchte jemand warten?«

»Warten!«, kräht Herzchen.

»Neuen Termin!«, befiehlt mein Gewissen.

Aus dem Augenwinkel schiele ich zu Richard, der gelassen die Schultern zuckt. »Ich warte.«

»Ich auch!«, pariere ich wie aus der Pistole geschossen und ziehe damit unweigerlich den Zorn meines Gewissens auf mich.

Ich bilde mir ein, dass Richard eben erleichtert ausgeatmet hat und lehne mich erlöst zurück. Erste Runde geschafft. Ich darf seine Anwesenheit noch ein wenig genießen.

»Gut gemacht«, wispert Herzchen.

»Du wolltest doch gleich noch zu den Eltern fahren«, mahnt mich mein Gewissen eindringlich und vorwurfsvoll.

»Wir schicken 'ne SMS«, schlägt Herzchen vor.

SMS ist gut. Unschuldig tippe ich meine Entschuldigung ins Handy und habe somit alle Zeit der Welt.

Ich genieße die wohlige Wärme, die meinen Körper erfasst und flehe mein Herz an, etwas gleichmäßiger zu schlagen.

Draußen scheint die Sonne und ich überlege, dass man sich die Wartezeit gut mit einem kleinen gemeinsamen Spaziergang vertreiben könnte.

Verstohlen äuge ich zu Richard und er äugt genauso verstohlen zurück.

Offensichtlich scheint er dasselbe zu denken.

»Ich drehe eine Runde«, verkündet er und steht auf. Arco erhebt sich auf der Stelle. Ich springe ebenfalls hoch. Mein Pudel erschrickt und plumpst auf's Linoleum.

»Juchhu, wir gehen mit Richard spazieren«, jubelt Herzchen aufgeregt.

»Bleib, wo du bist!«, befiehlt mir mein Gewissen streng.

»Nö, vergiss es«, kräht Herzchen keck. »Wir gehen raus!«

Natürlich gehen wir. Unsere Hunde werden Pipi müssen.

Ich lasse mir von Richard in den Mantel helfen und überlege, mein Gewissen für die nächsten zwei Stunden zu ignorieren.

»Einen Spaziergang in Ehren kann niemand verwehren«, trällert mein Herzchen unschuldig daher, während mein Gewissen schmollt.

Ach, vielleicht ist Richard ja gar nicht verheiratet.

Arco geht brav bei Fuß und mein Pudel zeigt sich von seiner schlechtesten Seite. Er zerrt an der Leine, stranguliert sich beinahe und pieselt mitten auf den Bürgersteig. Nachdem eine ältere Dame seinetwegen fast vom Rad gekippt wäre, schlägt Richard vor, in den nahegelegenen Wald auszuweichen.

»Huch«, ruft mein Gewissen erschrocken. »Du wirst doch wohl nicht etwa mit einem fremden Mann in den

Wald gehen?«

Unschlüssig bleibe ich stehen und Richard lächelt.

Ach, er wird mir schon nichts tun.

»Aber vielleicht wollen wir ja, dass er uns was tut«, meldet sich Herzchen kichernd und vorlaut, worauf mein Gewissen nur ein abfälliges Knurren übrig hat.

Wir lassen unsere Hunde frei laufen und gehen schweigend nebeneinander her.

Wie wohl seine Frau aussieht? Ob er Kinder hat? Mein Hirn rattert auf Hochtouren. Was mag er beruflich machen? Wie fängt man ein Gespräch mit einem fremden Mann an? Wie machen andere das eigentlich?

»Ich heiße übrigens Peter«, sagt Richard nach einer Weile und ich stolpere vor Schreck über eine Wurzel. Peter hieß mein erster Freund. Der Trennungsschmerz steckt mir noch heute in den Gliedern. Aber dafür kann Peter-Richard ja nichts. Ich stelle mich ebenfalls vor und erwähne beiläufig, dass ich alleine lebe, wie alt ich bin und dass ich übermorgen Geburtstag habe. Peter lacht.

»Übermorgen? Interessant. Ich auch.«

Das ist jetzt nicht wahr.

»Der lügt«, zischt mein Gewissen. »Solche Zufälle gibt's nicht.«

»Gibt's wohl«, zischt Herzchen zurück.

Wie sich herausstellt, ist Peter genau ein Jahr älter als ich und vor vier Monaten aus Brasilien zurückgekehrt. Drei Jahre Auslandskorrespondent in Sao Paulo. Wow. Der Mann hat ja schon echt was von der Welt gesehen. Aber ich weiß noch immer nicht, ob er eine Frau hat.

Es fühlt sich verdammt gut an, an seiner Seite durch den Wald zu laufen. Zu gut. Wenn er mir gleich von seiner Frau erzählt, werde ich allerdings auf dem Absatz umkehren müssen.

Diese Ungewissheit halte ich nicht aus. Ich will es wissen. Jetzt. Sofort!

Ich stolpere schon wieder über eine Wurzel. Peter grinst. Dann fasse ich mir ein Herz.

»Und Ihre Familie? War sie mit in Brasilien?«

Peter nickt und meine Atmung stellt augenblicklich ihre Funktion ein. Er hat genickt. Er hat Familie. Aus der Traum. Mein Herz und mein Gewissen schweigen.

Die grüne Farbe weicht aus den Bäumen. Und die blaue aus dem Himmel.

Die Sonne ist hinter einer Wolke verschwunden und ich wünsche mir, ich könnte das auch. Einfach so verschwinden.

Wieso bin ich eigentlich mitgegangen? Wieso hatte mein Pudel gestern Durchfall? Wieso war ich bei diesem unzuverlässigen Tierarzt? Der erste Peter hat mich verlassen und der zweite hat Familie. Natürlich.

»Ja«, höre ich Peter plötzlich sagen, wobei ich doch eigentlich gar nichts mehr hören will. »Meine Eltern waren im letzten Jahr in Brasilien. Und meine Schwester ebenfalls.«

Eltern? Schwester? Hab ich das jetzt richtig verstanden?

Um Zeit zu gewinnen, umlaufe ich die nächste Wurzel großräumig.

Außer einem freudig verdatterten »Aha?« kriege ich keinen Ton heraus.

Peter klärt mich auf. »Mein Vater ist Schriftsteller und hat die Zeit dort genutzt, einen Roman zu schreiben. Und meine Schwester hat nach dem Abitur ein Jahr lang in Rio gejobbt.«

Leichtfüßig hüpfe ich über den Waldboden. Mein Gewissen hält sich dezent zurück. Herzchen jedoch klatscht vor Freude in die Hände und trällert bereits die schönste Komposition von Richard Wagner.

»Treulich geführt – «

Juchhu! Er ist frei!

» – ziehet dahin – «

Ich bin frei!

» – wo euch der Segen der Liebe bewahr.«

Ich sehe auf die Uhr. Eigentlich ist es schon wieder Zeit umzukehren. Gerade nimmt Peter meinen Arm, um mich vor der nächsten Wurzel zu bewahren und ich überlege, was wohl nach dem Tierarzttermin geschieht.

»Sag bloß nicht nein, wenn er fragt, wegen Kaffee und so«, kräht Herzchen aufgeregt.

Oh nein, das werde ich nicht tun.
Auf gar keinen Fall.
Ich schwöre.
Auf Herz und Gewissen.

» – eint euch in Treue zum seligsten Paar!«

Gute Fahrt

Es war schon ein ausgesprochener Glücksfall, das Hollandrad zu gewinnen. Es galt, ein Kreuzchen an der richtigen Stelle zu machen. Wie viele Kunden zirka das hiesige Kaufhaus täglich besuchten, lautete die Frage. Fünfzig oder fünftausend? Die Lösung des Rätsels lag quasi auf der Hand. Es mussten fünftausend sein, sonst hätte der Laden längst dicht gemacht. Es ging also ausschließlich darum, von der Glücksfee gezogen zu werden.

Nach Tagen des Zitterns und Wartens kam der heiß ersehnte Anruf.

»Herzlichen Glückwunsch, Sie haben gewonnen!«.

Gewonnen. Dieses Wort klang wie Musik in meinen Ohren. Ich hatte gewonnen. Ich. Ein Hollandrad. Mit sieben Gängen. Verzückt sank ich auf den Küchenstuhl und atmete zunächst einmal meine Anspannung weg.

Nun gehöre ich ja eher nicht zu den Menschen, deren höchstes Glück der Erde auf einem Fahrradsattel liegt. Aber das allgemein begehrte Hollandrad zu gewinnen, erfüllte mich mit derartigem Stolz, dass ich beschloss, dieses Geschenk des Himmels als sportliche Herausforderung anzusehen. Ab sofort würde ich das Radeln zu meinem liebsten Hobby erklären.

»Gestern bin ich übrigens wieder fünfzig Kilometer geradelt«, hörte ich mich bereits meinen Freundinnen erzählen und sah sie im Geiste neidisch auf meine festen Oberschenkel schielen. Der Ehrgeiz würde mich packen. Kilometer um Kilometer würde ich locker herunter radeln, was überflüssige Pfunde nur so purzeln lässt. Meine Endorphinausschüttung würde Glücksgefühle ungekannter Art hervorrufen. Meine Figur würde ich nach und nach zu der eines Models formen.

Ab Werk war der siebte Gang eingelegt und ich werde

dem Hauptgeschäftsführer nie verzeihen, dass er mich nicht darauf hingewiesen hat. Und dem Fotografen der hiesigen Zeitung nie, dass er ausgerechnet in dem Moment auf den Auslöser drückte, als ich mit meinem Hauptgewinn umkippte. Eine kleine Ehrenrunde durch die Fahrradabteilung des spendenfreudigen Kaufhauses sollte ich drehen, hat es geheißen.

Der Blumenstrauß, den ich für die Momentaufnahme in der Hand hielt, flog in hohem Bogen durch die Luft und ich selber fand mich Bruchteile von Sekunden später unter meinem Hollandrad liegend wieder. Gegen weitere Fotografier-Aktionen wehrte ich mich vehement.

Der lädierte Blumenstrauß wanderte in das durch den Sturz verbogene Fahrradkörbchen und man wünschte mir »allzeit gute Fahrt«. Mit hochrotem Kopf schob ich meinen Hauptgewinn nach Hause und sperrte ihn vorläufig in die Garage.

Die Sonne scheint seit Tagen verlockend und so stimme ich dem Vorschlag meines Mannes zu, eine ausgiebige Fahrradtour zu unternehmen. Mein wieder zurechtgebogener Fahrradkorb wird mit Picknickutensilien und mehreren Litern Mineralwasser beladen. Ich schlüpfe in eine bequeme Hose und schaue ehrfürchtig auf den durchtrainierten Körper meines Gatten. Er trägt eng anliegende Fahrradkleidung. Das ist mein Ziel. Eine knapp sitzende, glänzend schwarze Fahrradhose. Darüber ein ebenso körperbetonendes rot-weiß gestreiftes Shirt mit Werbeaufdrucken. Das würde sich obendrein gut bei der Tour de France machen, fällt mir spontan ein. Die Werbung werde ich mir selbstredend bezahlen lassen. Ich sehe mich bereits mein nass verschwitztes Haar lässig nach hinten streifen, während die Fotografen sich um mich rangeln. Mein Siegerfoto wird um die Welt gehen und die Werbepreise auf dem Shirt werde ich drastisch erhöhen müssen.

»Hör auf zu träumen und leg den ersten Gang ein, bevor du losfährst.« Gnadenlos holt mich mein Gatte in die Realität zurück. Ich nicke artig, klettere auf den holländischen Hauptgewinn und lache der strahlenden Sonne entgegen.

Bereits nach fünf Kilometern nötige ich atemlos und mit außer Kontrolle geratenem Puls meinen Gatten, mindestens zwei der Mineralwasserflaschen leer zu trinken. Die leichte Steigung hat es in sich. Ohne Gepäck wäre es kein Problem, aber mit dem gewichtigen Verpflegungsvorrat sehe ich mich bereits jetzt außerstande, weiterzufahren.

Er schlägt vor, die Räder zu tauschen, aber mein Respekt vor dem zwanziggängigen Rennrad ist größer als meine Erschöpfung. Ich lehne dankend ab und esse zur Ballastreduzierung einen Apfel. Den halben Liter Mineralwasser hätte ich besser weggelassen, da das ständige Aufstoßen die Radlerei nicht gerade erleichtert. Nach weiteren acht Kilometern signalisiert meine Blase, dass es an der Zeit wäre, eine erneute Pause einzulegen.

Da wir uns auf dem freien Land bewegen, ist mit einer öffentlichen Einrichtung vorläufig nicht zu rechnen. Aber es gibt Bäume. Zwar ist das Wildpieseln ordnungswidrig, aber auch eine weitere sportliche Herausforderung. Balance halten, Füße in Sicherheit bringen und schauen, ob niemand kommt. Irgendwie klappt's immer, muntert für den Moment auf und die Gesäßmuskulatur darf sich erholen. Leider halten weder die Aufmunterung noch die Gesäßmuskulaturerholung lange vor.

Ein unerwarteter Wadenkrampf, zehn Kilometer weiter, befiehlt die nächste Rast.

Zufällig vorbeikommende Wanderer unterstützen uns bei der Entkrampfung meiner lädierten Wade und bestaunen mein nagelneu glänzendes Hollandrad. Fast bin ich versucht, es mit einem der Herrschaften gegen dessen Wanderschuhe einzutauschen. Ein warnender Blick meines Gatten hält mich jedoch davon ab.

Dass ich es bei einem Preisausschreiben gewonnen habe, berichte ich, um die Pause noch etwas auszudehnen. Man ist erstaunt über so viel Glück und ich beginne darüber nachzudenken, was Glück eigentlich bedeutet. Ist es Glück, ein Fahrrad zu gewinnen, mit dem man sich anschließend an die Grenzen der körperlichen Belastbarkeit radelt? Wäre es nicht eher Glück gewesen, gar nicht erst an der Verlosung teilgenommen zu haben?

Erschöpft trete ich wieder in die holländischen Pedale, schalte lustlos zwischen den sieben Gängen hin und her und frage mich völlig entkräftet, weshalb ich keinen Angler geheiratet habe. Wie herrlich entspannt könnte ich jetzt an einem Teich sitzen und zuschauen, wie Regenwürmer ans Seil geknüpft werden und die Angel mit einem sanften »Plitsch« ins Wasser gleitet. Leckere Forelle könnte ich nach vollendetem Tagewerk garen. Ja, das wäre Glück! Anglerglück.

Die Landstraße will kein Ende nehmen. Meine Beine sind bleischwer und meine Laune ist schon längst auf dem Nullpunkt. Mein Gatte versucht mich mit der Aussicht auf ein Stück Kuchen aufzuheitern. Das finde ich sehr aufmerksam von ihm. Allerdings sind es bis zur nächsten Ortschaft noch zwölf Kilometer. Und es geht stetig bergauf. Mein Atem rasselt, mein Hintern ist wund und Fahrrad fahren finde ich mittlerweile absolut bescheuert. Meinen Vorschlag, mich auf einem Stück Wiese zu deponieren und zwischenzeitlich das Auto zu holen, lehnt mein Mann entschieden ab. Training sei alles. Den inneren Schweinehund zu überwinden, gelte es. Er spreche aus Erfahrung. Das Glücksgefühl, wenn man sein Ziel erreicht habe, sei unbeschreiblich.

Ich will kein Glücksgefühl und überlege ernsthaft, mein Rad wegzugeben. Oder meinen Gatten. Oder beides. Ich bin am Ende meiner Kräfte. Ausgelaugt. Völlig erledigt.

Noch sechs Kilometer bis zu diesem elenden Ausflugslokal. Sechs unüberwindliche Kilometer. Ich kämpfe mit den Tränen. Und mit meinen Schweinehunden. Ein ganzes Rudel scheint von mir Besitz ergriffen zu haben.

Ich schicke ein Stoßgebet in den Himmel. Es muss etwas passieren. Jetzt. Sofort. Während ich noch überlege, eine Ohnmacht vorzutäuschen oder während der Fahrt die Luft aus meinen Reifen heraus zu lassen, höre ich hinter mir ein Geräusch. Mein Kopf schnellt herum und ich erblicke einen Reisebus. Es ist tatsächlich ein Bus. Ein echter Bus. Da ist mein Glücksgefühl. Meine Rettung. Ich gleite erleichtert vom Rad und bleibe mitten auf der Straße stehen. Der Busfahrer macht eine Vollbremsung und mein Gatte ebenfalls. Der Busfahrer hupt. Ich gebe ihm ein Zeichen, dass ich mit meinen Kräften am Ende bin. Am sicheren Ende. Meinem Gatten rufe ich zu, er solle ruhig schon zum Lokal fahren, da ich die restliche Strecke mit dem Bus zurücklegen werde. Er schüttelt verständnislos den Kopf, tritt in die Pedale und knurrt, dass ich machen solle, was ich für das Beste hielte. Richtig. Genau das werde ich tun.

Der Busfahrer schaut etwas ungehalten drein und gibt mir mit einer Handbewegung zu verstehen, dass ich mich von der Straße bewegen soll. Ich schüttle verzweifelt den Kopf. Er kurbelt die Scheibe runter und ruft: »Frollein, der Bus ist voll!«

»Macht nix, ich kann eh nicht mehr sitzen!«, rufe ich zurück. »Ich stehe gerne!«

Er winkt ab. »Stehen ist im Reisebus verboten!«

Bitte? Das ist unterlassene Hilfeleistung.

»Ach, kommen Sie«, flehe ich ihn an. »Nur die paar Kilometer. Bis zum Lokal.«

»Tut mir leid. Vorschrift ist Vorschrift.« Er zieht bedauernd die Schultern hoch.

Langsam werde ich ärgerlich. Ich lege mein Fahrrad mitten auf die Straße und verschränke die Arme. Wir schauen uns unerbittlich in die Augen. Die Straße ist zu eng, als dass er an mir vorbei fahren könnte. Diese Situation nutze ich hinterhältig aus. Er hupt erneut. Ich zucke zusammen, bleibe aber tapfer stehen. Dann fliegt die Tür auf und der gewichtige Mann klettert heraus. Er kommt auf mich zu. Ich bleibe standhaft. Sekunden vergehen. Mein Herz klopft laut.

Er bückt sich und hebt gemächlich mein Rad hoch. Er zögert einen Moment. Dann trägt er es bedächtig und in Zeitlupe zum Straßenrand.

Ich hatte es mir schwieriger vorgestellt. Aber die Gänge liegen genau so, wie bei meinem Auto. Und jede Menge PS scheint der Bus zu haben. Jedenfalls beschleunigt er enorm. Ich bin begeistert. Im Rückspiegel sehe ich den behäbigen Busfahrer verzweifelt mit den Armen fuchteln.

Nun ist mir klar, was ein wirklicher Glücksfall ist: nämlich, im richtigen Moment den richtigen Einfall zu haben.

Die Kunst des Nähens

»Ich habe übrigens einen Nähkurs bei der VHS belegt«, berichtet meine Freundin Astrid und lehnt sich erwartungsvoll in ihrem Ohrensessel zurück. Mir bleibt der Kaffee im Hals stecken. Ein Nähkurs. Ich huste mich frei und schaue bewundernd zu ihr hinüber. Was diese Frau alles macht. Erst der Pannenhilfekurs, dann Ikebana und nun Schneidern. Sofort muss ich an den Handarbeitsunterricht in der Schule denken, an umsäumte Spitzendeckchen, Hohlstich und die ersten selbst angenähten Knöpfe.

Mein Blick ist noch immer voller Bewunderung und nach dem Durchblättern der Schnittmusteranleitungen, die rein zufällig auf Astrids Wohnzimmertisch liegen, gesellt sich ernsthaftes Interesse dazu. Das möchte ich auch können.

Schneidern. Ein Unikat besitzen. Beim nächsten Geschäftsessen mit meinem Chef und seiner Gattin beiläufig erwähnen, dass es das soeben bewunderte Kleid nirgends zu kaufen gibt. »Ach, das habe ich selber genäht«, höre ich mich bescheiden sagen. »Ich mag es nicht, wenn man dem gleichen Kleid, das man gerade trägt, im nächsten Restaurant begegnet.« Stumm und neidvoll wird sie nicken, die Gattin meines Chefs, die noch nicht einmal kochen kann. Und ich werde ihr aufmunternd den Arm tätscheln und versichern, dass Nähen völlig unkompliziert sei. Dass jede Frau so etwas lernen kann. Wirklich jede.

»Komm doch einfach mit, es sind noch Plätze frei«, meint Astrid fröhlich. Ich strahle und sofort zaubert sie ein Anmeldeformular hervor.

Unsere Nählehrerin stellt sich als Frau Schmidt, gebürtig aus Wanne-Eickel vor. Ich schätze sie auf Mitte sechzig und ihren wallenden Blumenmusterrock auf mindestens doppelt so alt. Ihre hochroten Wangen leuchten, und sie begrüßt uns herzlich in diesem, ihrem bereits fünften Nähkurs.

Meinen entgeisterten Blick auf ihren geblümten Glockenrock kommentiert sie, stolz die Hüften schwingend, mit den Worten: »Ja, meine Damen, auch Sie werden nach drei Monaten in der Lage sein, sich Ihre modische Garderobe selbst zu schneidern.«

Astrid kichert und ich schaue irritiert in die Runde. Zehn weitere Damen blicken erwartungsvoll drein und die Vorstellung, in drei Monaten auf insgesamt zwölf wadenlange unerotische Blumenrockwallungen zu starren, lässt mich vorübergehend meinen Entschluss bereuen.

Jede darf hinter einer der hochtechnisierten Nähmaschinen Platz nehmen und sich zunächst mit Garn-Einfädeln und diversen Spulen vertraut machen. Für meinen ersten blutigen Kontakt mit der Nadel, die unerwartet in meinen Daumen fährt, hält Frau Schmidt geistesgegenwärtig ein Pflaster bereit. Sie doziert streng und mit hoch erhobenem Zeigefinger, dass vorläufig lediglich der Faden eingeführt werden solle. Das Bedienen des elektrischen Fußpedals erfolge erst in einem der nächsten Schritte. Kleinlaut beklebe ich meine tiefe Wunde und nehme mir vor, ab sofort artig alle Anweisungen zu beherzigen.

Bereits nach dreißig Minuten Einfädelübungen stürzen wir uns auf die von ihr mitgebrachten Stoffreste, um diese im Patchworkverfahren aneinanderzunähen. Außer Frau Müller. Sie ist Wiederholungstäterin und darf bereits an einem Sommerkleidchen für das neugeborene Enkelkind basteln. Ich schiele zu ihr hinüber und beobachte ehrfürchtig, wie sie mit flinken Fingern grasgrünes Garn einfädelt und einen ebenso sattgrünen Stoff behände glatt streicht. Armes Enkelkind. Eine andere Farbe hätte es auch getan. Nun, vielleicht ist der Vater Jäger oder Vorsitzender des hiesigen Schützenvereins. Waidmannsheil.

Astrids Ellenbogen landet zwischen meinen Rippen und

reißt mich aus meinen Gedanken. Ein strenger Blick von Frau Schmidt befiehlt mir, mich meiner ersten Näharbeit zu widmen.

Das Zusammenstecken mit Stecknadeln halte ich für überflüssig. Lässig klappe ich zwei der bunten Stofffetzen aufeinander und schiebe sie in die Nähmaschine. Augenblicklich betätige ich das Fußpedal und gebe Gas. Das frühe Rattern meiner Maschine lässt Frau Schmidt aufhorchen und ich kassiere umgehend den zweiten Rüffel. Sie reißt meine Näharbeit heraus und schwingt sie wie eine Trophäe über meinem Kopf. Meine Mitschülerinnen unterbrechen kurzzeitig ihre Steckereien und aalen sich in meinen Maulschellen.

»So nicht!«, belehrt mich Frau Schmidt freundlich aber bestimmt. »So nicht!«

Gönnerhaft beugt sie sich zu mir herab und ich erhalte noch einmal eine extra Einführung in das Zusammenstecken von Stoffen.

Unsere Nähmaschinen rattern um ihr Leben und eine Schülerin nach der anderen hält stolz und mit freudig erröteten Wangen die zusammengetackerten Stoffstücke in die Luft. Frau Schmidt nickt wohlwollend in die Runde.

Unsere erste Näharbeit. Andächtig halten wir sie in den Händen. Wir dürfen sie mit nach Hause nehmen.

Zur nächsten Stunde sollen, wenn möglich, Brokatstoffe erworben werden, die dann im Laufe des Unterrichts zu Sofakissen verarbeitet werden. Aber halt! Das passende Nähgarn bitte nicht vergessen. »Die Schnittmuster werden von der Volkshochschule gestellt und der Strom für die elektrischen Nähmaschinen ebenfalls«, bemüht sich Frau Schmidt kichernd um ein möglichst aufgelockertes Ende unserer ersten Nähstunde.

Ich wische mir mit meinem, trotz vorherigen Arretierens schräg zusammengenähten Lappen, den Schweiß von der Stirn. Während ich noch überlege, ob ich vielleicht besser zum Italienischkurs wechseln sollte, meldet sich Frau Müller zu Wort. Ihr Schwager könne preisgünstig, über seinen Vetter zweiten Grades, aus dessen Großhandel hochwertige Brokatstoffe erwerben. Allerdings in einer astronomischen Menge. Noch bevor ich die verzwickten Verwandtschaftsverhältnisse sortiert habe, bricht frenetischer Jubel aus und man macht dieses lukrative Geschäft dingfest. Fünfzehn Ballen à zwanzig Meter Stoff. Breite: ein Meter dreißig. Bis wir den vernäht haben, werden Jahre ins Land ziehen. Und wenn der Stoff grün sein sollte, werde ich mich für den Rest des Kurses krank melden. Oder tatsächlich zur Italienisch-Truppe übersiedeln. Sicherlich würde die Gattin meines Chefs ebenfalls vor Ehrfurcht erstarren, sollte ich beim Italiener in perfekter Landessprache mein Menü bestellen.

Die zweite Nähstunde steht an und natürlich ist der Stoff ausschließlich grün und schillert wie vermooster Waldboden. Leise gemurmelte Enttäuschung macht sich breit. Aber angesichts des Nettopreises, der allerdings für mein Empfinden immer noch recht hoch ist, erhellen sich die Mienen meiner Nähkolleginnen alsbald. Ich werfe Astrid einen verzweifelten Blick zu und sie tröstet mich schulterzuckend mit der Option, die selbst erstellten Brokatkissen an Tanten, Mütter und Schwiegermütter zu verschenken. Ich nicke stumm und ergeben. Immerhin haben wir so, dank Frau Müller, die Weihnachtsgeschenke für die nächsten fünfzehn Jahre gesichert. Und für Muttertage und alle noch zu erwartenden Geburtstage.

Frau Schmidt erklärt uns ausgiebig die Zuschneidetechnik und ich darf das erste Muster schneiden. Zwölf Augenpaare beobachten gespannt, wie ich umständlich den Stoff von der Rolle wickle und das Schnittmuster mittig drauflege. Ein strenges »Halt, so nicht!«, lässt mich zusammenzucken.

Was ist jetzt schon wieder?

Frau Schmidt erklärt, dass man möglichst wenig Stoff verschwenden solle. Natürlich. Mit den Worten, »so spart die kluge Hausfrau«, zieht sie die Vorlage bis dicht an den Rand und wir lernen, aus zwanzig Quadratmetern Stoff mehrere hundert Sofakissen herauszuschneidern. Mal vorausgesetzt, dass wir so viele haben möchten.

Jede von uns darf mehrere Rohlinge zurechtschnippeln und mit hochroten Köpfen nebst stapelweise grünem Brokat auf den Armen begeben wir uns zu unseren Plätzen. Die Nähmaschinen geben alles. Der Boden pflastert sich nach und nach mit Kissenhüllen. Und wir haben noch nicht einmal den ersten Ballen vernäht.

Tapfer drehen Astrid und ich unsere ersten Werke auf rechts, als die Türe aufspringt. Besagter Vetter betritt die heiligen Nähhallen und verkündet fröhlich, dass er auf Geheiß von Frau Müller im Begriff ist, mehrere Kubikkilometer Füllmaterial anzuliefern.

»Überraschung«, kräht Frau Müller und Frau Schmidt nickt ihr anerkennend zu. Frau Müller sonnt sich im zugenickten Lob und tut kund, dass mehrere LKW-Ladungen Füllwatte ebenfalls zum Supersondernettopreis erhältlich seien. Die Gruppe jubiliert. Eine ältliche Mitnäherin meldet sich zaghaft zu Wort. Eigentlich benötige sie noch verschiedene Kissen in Altrosa und Veilchenblau. Auch Mausgrau sei eine höchst begehrte Kissenfarbe. Der Vetter strahlt sogleich und wirft geschäftstüchtig einen Hinweis auf die Mindestabnahmemenge in die Runde. Meine Nähkolleginnen applaudieren zustimmend und das Geschäft wird per Handschlag besiegelt. Womit wir den Großhandel wohl endgültig saniert hätten.

Mein kleines Schwarzes rückt in unerreichbare Ferne. Aus der Traum vom Unikat.

Ich gebe mich geschlagen. Gegen diesen Brokatwahn komme ich nicht an.

Nun bleibt mir lediglich die Option, bei der nächsten

privaten Einladung meines Chefs, ein waldmoosgrünes Brokatkissen anzuschleppen. Er wird vermutlich nach Luft ringen und auf seine hochmoderne weiße Ledercouch starren. Beiläufig könnte ich erwähnen, dass ich in der Lage sei, exklusiv für ihn und die Frau Gemahlin, eine umfangreiche Kollektion altrosa und veilchenblauer Kissen herzustellen, und er wird daraufhin vermutlich einer Ohnmacht nahe sein. Alternativ werde ich vorschlagen, zum Fach Italienisch zu wechseln, allerdings aus Kostengründen nur bei der Zusage einer Gehaltserhöhung. In diesem Falle würde ich selbstverständlich die Näherei an den Nagel hängen.

Tschaka. Das ist es. Ich gratuliere mir zu dieser genialen Idee und verabschiede mich mit einem lässigen »Arrivederci« von dem illustren Nähkränzchen.

Die Vorweihnachtsdiät

9. November
Meine Hosen sind zu eng.
Mein wunderschöner schwarzer Rock auch.
Die Waage zeigt 75 Kilo. Ich beschließe, eine Diät zu machen und fünf Kilo abzunehmen. Jawohl, gleich morgen werde ich beginnen.

10. November
Geht heute nicht, weil Astrid Geburtstag feiert. Aber morgen. Ich schwöre.

11. November
Bevor ich mit der Diät beginne, drucke ich aus dem Internet eine Kalorientabelle aus und werde fast ohnmächtig, als ich lese, wie viele Kalorien eine Tafel Schokolade hat.

12. November
Das Knäckebrot zum Frühstück ist ausgesprochen trocken und die drei Salatblätter zu Mittag wirken eher appetitanregend als sättigend. Die Scheibe Pumpernickel am Abend klebt an den Zähnen, aber ich bin tapfer.

13. November
Die Waage zeigt konstant 75 Kilo. Hoppla, da stimmt was nicht. Muss ich den Pumpernickel etwa auch noch halbieren? Heute ist bereits der zweite Diättag – lieber Gott, lass mich geduldiger werden und ganz schnell abnehmen. Bitte.

14. November
Heute meditiere ich vor dem Einschlafen. Astrid hat gesagt, das hilft. Aber wobei, bitteschön, hilft es? Dient es

der Fettverbrennung? Zwanzig Kilo weg mit Meditation? Das wär's. Wenn's klappt, lasse ich mir das patentieren. Ich sehe mich bereits mit stolzgeschwellter Brust und im taillierten Kostüm, Größe 36, auf dem Patentamt stehen.

15. November
Während einer dienstlichen Besprechung knurrt mein Magen so laut, dass mich alle Kollegen anstarren. In der Mittagspause kaufe ich einen riesigen Vorrat an Knäcke und bin weiterhin voller Zuversicht.

16. November
74 Kilo. Jawoll! Ich liebe meine Waage. Zur Abwechslung gönne ich mir eine Tomate und ein Ei statt Salat. Und abends ein Steak statt Pumpernickel. Die Torte zum Nachtisch rede ich mir kalorienarm.

17. November
74,5 Kilo. Also doch wieder Knäcke und Pumpernickel.

18. November
Ich hasse Kalorien.

19. November
74,5 Kilo. Meine Laune ist auf dem Nullpunkt. Mein Chef ist doof. Alles ist doof. Ich habe Hunger. Meine Waage muss kaputt sein. Sie zeigt beharrlich dasselbe Gewicht an.

20. November
Mein Mann sagt, er mag dicke Frauen. Wahrscheinlich will er nur, dass ich wieder koche.

21. November
Ein Hoffnungsschimmer. 73,5 Kilo. Ich habe in der Stadt

ein schwarzes eng anliegendes Kleid gesehen. Größe 38. Werde ich mir vermutlich kaufen und an der diesjährigen Betriebs-Nikolausfeier tragen.

22. November
Wenn ich den Bauch einziehe und die Luft anhalte, kriege ich meine Hosen eigentlich ganz bequem zu. Na also. Geht doch.

23. November
73 Kilo. Meine BHs sind seit heute Morgen zu groß. Und das Kleid ist weg. Gestern verkauft. Wahrscheinlich hängt es nun bei irgendeiner hageren Tussi rum, der es sowieso nicht steht, weil sie viel zu dürr ist. Ich weiß noch nicht genau, ob ich traurig oder wütend sein soll.

24. November
Ich hasse Knäcke und bei Pumpernickel muss ich würgen. Und der Salat schmeckt auch Scheiße. Mein Mann riecht nach Frittenbude. Ich überlege, ob ich vorübergehend zu meiner Mutter ziehe.

25. November
Astrid sagt, ich sei schmal geworden im Gesicht. Verflucht, wieso werde ich nicht schmal am Hintern? Mein Mann riecht nach Gyros und hat den Stecker vom Kühlschrank rausgezogen, - »weil sowieso nichts mehr drin ist«.

26. November
72,5 Kilo. Aha! Mein Busen ist noch kleiner geworden. Der Fettabbau in der Hüftgegend gestaltet sich dagegen sehr hartnäckig. Das ist gemein.

27. November
Der Hunger macht mich fertig. Nachts träume ich von Spanferkeln und Schweinshaxen. Mein Mann redet nicht mehr mit mir, weil ich angeblich unerträglich bin.

28. November
Meine Mutter meint, ich solle dringend Vitamine und andere gesunde Sachen zu mir nehmen, denn ich sähe aus wie eine Leiche. Ja, Mama.
Ich probier's mal mit Ballaststoffen, lasse mich von ihr zum Frühstück einladen und habe die Wahl zwischen drei Vierkornbrötchen und vier Dreikornbrötchen.

29. November
Ich denke nur noch ans Essen. Während Tim Mälzers Kochsendung erleide ich einen Nervenzusammenbruch. Mein Gatte führt anschließend ein längeres Telefonat. Vermutlich mit dem Scheidungsanwalt, weil ich das Stromkabel vom Fernseher durchgeschnitten habe.

30. November
Mein Chef hat mir empfohlen, ein Woche Urlaub zu nehmen. Bestimmt deshalb, weil ich den Koch unserer Kantine als Dilettant beschimpft habe, da er unfähig ist, Gerichte mit weniger als 200 Kalorien zu kochen.

1. Dezember
Dr. S. aus M. schreibt in einer Frauenzeitschrift, dass manche Frauen um die fünfzig eine birnenförmige Figur bekommen. Frechheit! Ich werde Dr. S. verklagen. Den Redakteur der Zeitschrift auch. Und meinen Chef am besten gleich mit. Dieser Ignorant kam heute Morgen mit dem alljährlichen Schokoladen-Adventkalender fürs Büro an. Ich lasse mich nicht provozieren und habe die Türchen fest mit Tesafilm verklebt.

2. Dezember

72 Kilo. Wieviele Kalorien hat eigentlich so ein klitzekleines Schokolädchen aus dem Kalender? Immerhin ist Adventzeit. In allen Geschäften liegen die Marzipankartoffeln säckeweise rum und die Schoko-Nikoläuse grinsen mich aus den Regalen herausfordernd an.
Nein, ich bleibe standhaft. Um meinen Magen zu füllen, trinke ich zwei Liter Mineralwasser zur halben Scheibe Pumpernickel am Abend, und bin sehr stolz auf mich. Noch zwei Kilo, dann habe ich es geschafft.

3. Dezember

Irgendwie geht es mir heute psychisch besser und auf die Waage wollte ich vor morgen sowieso nicht. Und ich hätte es zudem als äußerst unhöflich empfunden, den Kalender in die Schreibtischschublade zu verbannen. Außerdem klebte das Tesa an Tor drei gar nicht so gut. Die doppelte Portion Fritten meditiere ich vor dem Schlafengehen als nicht gegessen weg.

4. Dezember

72,5 Kilo. Heiliges Kanonenrohr! Das sind 500 Gramm mehr als gestern. Ich schiebe die Waage auf den Badezimmerfliesen hin und her. Ob es daran liegt, dass sie schief steht? Ich wandere samt Waage in den Flur und ins Schlafzimmer. Unerbittlich zeigt sie dasselbe Gewicht. Zur Strafe wird sie unters Bett geschoben. Mit dem Schrubberstiel. Ganz nach hinten an die Wand. Ich will sie nie mehr sehen.

5. Dezember

Die Kalorientabelle liegt neben meiner Tastatur und ich habe das Gefühl, als würde sie mich hämisch angrinsen.
Ich werde heute auf Mittag- und Abendessen verzichten. Jawohl. Und wenn ich vor Hunger umkomme.

6. Dezember
»Du - ja du, komm einmal her zu mir.«
Der Weihnachtsmann zeigt auf mich. Es ist, wie auch schon in den Vorjahren, der behäbige Dr. Schulze-Rottleb aus unserer Pressestelle. Genervt erhebe ich mich und meine Abteilung applaudiert.
»Ich habe gehört, du machst eine Diät? Hohoho!«
Bei der nächsten Gelegenheit werde ich meinen Chef vergiften. Wenn ich diäte, fällt das unter Datenschutz. Ich drehe mich um und werfe ihm einen drohenden Blick zu. Die Kollegen grinsen.
Mein Magen knurrt.
»Na, mein Kind, wie viel hast du denn schon abgenommen?«, flötet Nikolaus alias Schulze-Rottleb.
Das geht dich gar nichts an, du Idiot.
Ich zucke die Schultern und schweige.
»Hoho - «
Hör auf mit deinem blöden »Hoho« und rücke endlich die Süßigkeiten raus. Ich halte es vor Hunger kaum noch aus und schiele lüstern auf den Jutesack zu dem er sich gerade bückt.
»Hoho - «. Er verschwindet fast gänzlich darin und fängt umständlich an zu kramen.
Beeile dich, sonst wickle ich dir deinen dämlichen Nikolausbart um den Hals.
»Hohoho.« Er taucht mit hochrotem Kopf wieder auf und zückt eine Rute. Ich habe ihn schon immer gehasst.
»Hier mein Kind.«
Widerwillig ergreife ich sie und finde mich bereits mit dem sicheren Tod durch verhungern ab, als er sich erneut bückt. Schweineschnitzel, fährt es mir durch den Kopf. Sicher wird er ein Schweineschnitzel hervorzaubern, hübsch garniert mit einer Zitrone. Oder ein Matjesbrötchen. Mir ist alles recht.
Er reicht mir einen Brief. Vermutlich ist es meine Kündigung.

»Vorlesen«, brüllt die Belegschaft.
Mit letzter Kraft öffne ich den Brief und lese laut:
»Weißt du, was Kalorien sind?
Kalorien sind kleine Tierchen, die sich nachts in deinen Kleiderschrank schleichen und die Klamotten enger nähen. Mach doch heute mal eine Diät-Pause und lass dich nach der Feier von uns zum Essen einladen.
Deine Kollegen«

Schulze-Rottleb, ich liebe dich!

Während donnernder Applaus einsetzt, öffnet sich die Türe und die feine Schulze-Rottleb-Gemahlin schreitet herein. Indem ich mich noch hämisch frage, ob sie unter chronischer Langeweile leidet oder lediglich ihren Gatten im Nikolauskostüm bestaunen will, streift sie den Mantel ab und mir stockt augenblicklich der Atem. Selbst mein Magen hört vor Schreck auf zu knurren.
Sie trägt ein schwarzes Kleid.
Mein Kleid.
Größe 38.

GETANKT?

»Klar, habe ich getankt«, beteuere ich mit Nachdruck der Stimme am anderen Ende der Leitung und tippe mir mit dem Zeigefinger an die Stirn.

Ich bin doch nicht blöd. Wieso fragen die Leute vom ADAC, ob ich getankt habe? Aber immerhin schicken sie jemanden vorbei.

Felder, Wiesen, Landstraße. Und ein kaputter Motor. Ich hasse es, wenn Autos nicht fahren. Wenn sie einfach ungefragt absterben und nicht mehr anspringen. Und noch mehr hasse ich es, wenn ich nicht weiß, wie man die Motorhaube öffnet und einfach nur hilflos meinem Schicksal überlassen bin. Oder wenn man mir blöde Fragen stellt. Ob ich getankt habe, zum Beispiel. Klar, hab ich getankt. Das heißt, ich selber habe natürlich nicht getankt, aber als ich den Wagen eben abgeholt habe, bin ich natürlich davon ausgegangen, dass der Autoverkäufer ihn vollgetankt hat. Autoverkäufer tanken immer voll. Das gehört sich so, wenn man einen Gebrauchtwagen verkauft.

Ich kann nicht gleich in der ersten halben Stunde alle Funktionen ablesen. Wasserstand, Kühlung, Öl und was da sonst noch alles leuchtet oder nicht leuchtet. Eine Tankanzeige habe ich nicht gesehen. Vielleicht hat der Wagen gar keine? Bestimmt hat er keine. Also konnte ich sie auch nicht sehen.

Um mir die Wartezeit zu vertreiben, hole ich die Bedienungsanleitung aus dem Handschuhfach. Beim Rumblättern stoße ich zufällig auf das Wort Lichtmaschine. Aha! Lichtmaschine! Die war neulich beim Auto meines Chefs kaputt. Wieso bin ich da nicht gleich drauf gekommen? Natürlich ist es die Lichtmaschine. Das geht ja schon gut los. Mist, hätte ich eben am Telefon bereits sagen sollen, dann hätten sie gleich eine neue mitbringen können. Aber vielleicht haben sie sowieso eine dabei.

Von wegen, kein Sprit. Erleichtert atme ich auf und klettere aus dem Wagen.

Ein Motorradfahrer kommt angebraust und bremst so scharf vor mir, dass sich die Gabel nach unten biegt. Während er Anstalten macht, von seinem Sitz zu klettern, um mir womöglich ungefragt helfen zu wollen, rufe ich ihm eilig zu, dass ich keine Hilfe brauche und der ADAC bereits mit einer neuen Lichtmaschine unterwegs sei.

»Aha!«, ruft er beruhigt zurück. »Und ich dachte schon, Sie hätten keinen Sprit mehr!«

Wie bitte?

Während der Motorradfahrer davonbrettert, kommt aus einem Feldweg ein riesiger Traktor herangeknattert.

»Kann ich helfen, Frollein?«, brüllt der Bauer von seinem Trecker zu mir herunter.

»Nein danke«, schreie ich zurück.

»Brauchense Sprit?«, erschallt es von hoch oben.

»Neeiiin!«, rufe ich und gebe ihm hastig ein Zeichen, er solle weiterfahren.

Jetzt könnte mal langsam der ADAC eintreffen. Ich atme tief durch, schaue genervt auf die Uhr und sehe statt des gelben Wagens einen Spaziergänger mit Stock und Hut auf mich zukommen. Da ich keine Chance habe, ihm zu entrinnen, schaue ich demonstrativ in eine andere Richtung.

»Goohdn Doooch«, spricht er mich unbeeindruckt von hinten an. »Is iä Auhdo liehchn gebliehbn? Sprängd dor net ohhh?«

Ich stelle mich taub.

»Unn? Hobn Se schonemohl weeschn demm Sprid gschauhd?«

Nee, du Schlauberger!

Ich will jetzt nicht über Sprit reden und ich will mich auch nicht umdrehen.

»Eechnsinnche Weibbsbildä!«, schimpft er und stampft

erbost davon.

Langsam werde ich unsicher. Alle reden vom Tanken. Von Zweifeln geplagt, steige ich wieder ins Auto und schalte nun doch vorsichtshalber die Zündung ein. Bevor ich von den zahlreichen Anzeigen auch nur irgendetwas deuten kann, klopft jemand an meine Scheibe.

Ich zucke zusammen und sehe einen behelmten Rennradfahrer. Seinem Gesichtsausdruck entnehme ich messerscharf, was er mich jetzt fragen wird.

Meine Nackenhaare richten sich bedrohlich auf.

»Nein!«, brülle ich. »Ich brauche keinen Sprit!«

Er zuckt zusammen und starrt mich entgeistert an. Ich starre böse zurück. Eingeschüchtert tritt er in die Pedale. Doch offensichtlich hat er einen zu hohen Gang drin. Das Vorderrad neigt sich nach links, er reißt es nach rechts und »plop« liegt er samt Rennrad neben meinem Auto.

Die nächsten zehn Minuten verbringe ich damit, mich von meinem Lachanfall zu erholen. Als mir dies gelungen ist, naht auch bereits die Erlösung. Die Frage nach der Tankfüllung bleibt mir diesmal erspart, dafür erkundigt sich der gelbe Engel kurz und knapp, wo denn mein Warndreieck sei.

»Vermutlich im Kofferraum!«, antworte ich zackig.

»Und wieso haben Sie es nicht aufgestellt?«

»Weil ständig jemand vorbeikommt und mich fragt, ob ich getankt habe.«

Der Mechaniker fordert mich auf, die Motorhaube zu öffnen, und mein Blutdruck erhöht sich kurzfristig um das Dreifache. Kleinlaut gestehe ich, dass ich den Wagen gerade eben erst gekauft habe und kopfschüttelnd betätigt er selber einen Hebel irgendwo im Fußraum.

Mit einem galanten »Na, dann woll'n wir mal«, klappt er schwungvoll die Haube auf, und nach einigen *Aha's* und *Soso's* befiehlt er mir, die Zündung zu betätigen.

»Und vorher den Gang raus!«, brüllt er warnend unter

der Haube hervor.
Natürlich!
Artig drehe ich den Schlüssel herum. Leider war der Gang doch noch drin und mein Wagen macht einen Satz nach vorn. Bevor die Motorhaube krachend zuklappt, katapultiert es den Mechaniker kurzerhand in den Straßengraben. Erschrocken springe ich heraus und laufe zu ihm. Er atmet. Ein Glück. Er ist also nur bewusstlos. Mit einem Sprung bin ich wieder beim Auto und rufe einen Krankenwagen.

Und dann kommt mir eine grandiose Idee. Ich öffne den Kofferraum des ADAC-Wagens und hole den Ersatzkanister raus.

Ich schicke ein Stoßgebet in den Himmel und starte meinen Wagen.

Er springt an.
Er fährt.
Juchhuu!
Mit Blaulicht kommt mir der Rettungswagen entgegen. Ich trete auf die Bremse, kurble schnell die Scheibe herunter und rufe den Sanitätern zu, dass der Mann im Graben liegt. Sie bedanken sich bei mir und ich gebe Gas.

Die nächste Tankstelle erreiche ich nach ungefähr dreißig Kilometern. Der Sprit hat genau bis hierher gereicht. Fröhlich springe ich aus meinem Auto.

Wobei ich mir allerdings noch während des Sprungs überlege, ob es nicht besser gewesen wäre, unterwegs erneut liegen zu bleiben oder mich am besten komplett in Luft aufzulösen.

Denn hinter der Zapfsäule stehen zwei Herren in adretten grünen Uniformen, die mich offensichtlich bereits erwarten.

Waldi

Ich hab's geahnt. Erde ist härter.
Unter meinem rechten Flipflop quillt eine braune Masse hervor.
»Blöde Töle«, schimpfe ich und versuche, das Unglück im Gras abzustreifen. Nachbars Waldi sitzt auf unserem Grundstück und schaut mir unbeteiligt zu.
»Glotz nicht so blöde!« Waldi rührt sich nicht.
»Verschwinde! Los! Husch husch!« Waldi wedelt mit dem Schwanz.
»Bist du taub?« Meine Stimme wird schon erheblich lauter.
»Ver-schwin-de!« Ich schreie. Waldi gähnt.
Hilfesuchend blicke ich über den Zaun. Herrchen ist im Anmarsch. Rentner. Im Jogginganzug.
»So, Freundchen«, sage ich gehässig zu Waldi. »Jetzt gibt's Ärger.«
Waldi stellt sich taub.
»Ihr Dackel hat in meinen Garten gemacht«, rufe ich über den Zaun und deute vorwurfsvoll auf meinen rechten Fuß. Die hartnäckige braune Masse hat sich mittlerweile gleichmäßig unter der Sohle verteilt.
Herrchen beschleunigt seinen Schritt.
»Oh«, keucht er.
»Ja, oh«, keuche ich ebenfalls. »Pfeifen sie mal schnell ihren Teckel rüber.« Ich mache einen Ausfallschritt nach links, um frisches Gras zum Abwischen zu erhaschen.
»Waldi! Waldi, komm zu Herrchen. Waldi, komm«, flötet Herrchen.
Waldi legt sich ins Gras, bettet seine Schnauze auf die Vorderpfoten und ich habe den Eindruck, als würde er hämisch grinsen. Ich kann Dackel ab sofort nicht mehr leiden.

Frauchen naht nun auch: »Waldi, Schätzchen, komm.«
Schätzchen? Mir sträuben sich die Nackenhaare.
»Nun sei brav und komm sofort rüber.« Aha. Herrchen wird energisch.
Sein Hörgerät pfeift.
»Moment mal«, Herrchen nestelt an seinem Ohr. »So. Waldi, Wal-di!«
Waldi stellt sich weiterhin taub.
»Er hört nicht mehr gut«, entschuldigt sich Frauchen.
»Wer?«, frage ich boshaft.
Ich überlege, Waldi mit Fallobst zu verjagen und kicke probehalber mit dem beschmutzten Flipflop einen faulen Apfel in seine Richtung. Treffer. Waldi erhebt sich. Aha. In Zeitlupe trottet er beleidigt einen Meter weiter. So. Noch drei Meter bis zum Heimatgrundstück. Nächster Apfel. Diesmal fliegt mein Flipflop mit. Egal. Waldi bewegt sich behäbig voran.
»Er kommt«, rufe ich siegessicher zu Frauchen und Herrchen hinüber. Die beiden strahlen. Ich hüpfe auf einem Bein hinter Waldi her.
»Husch husch.« Zur Unterstützung klatsche ich in die Hände. Waldi dreht sich um und knurrt.
»Wenn du mich beißt, bringe ich dich um«, zische ich. Waldi knurrt weiter. Ich sehe ihn drohend an. Waldi blickt drohend zurück.
»Waldi, sei lieb, komm zu Herrchen.«
Waldi ist nicht lieb.
Ich schieße den nächsten Apfel. Barfuß.
Waldi weicht zurück.
Herrchen liegt mittlerweile bäuchlings auf der Wiese. Seine Arme ragen unter dem Jägerzaun in unseren Garten hinein, und verzweifelt versucht er, nach seinem Dackel zu greifen. Zentimeter um Zentimeter robbt er weiter nach vorne und bevor ich ihm zurufen kann, dass es einfacher wäre, über den Zaun zu klettern, hat er sich bereits verkeilt.

Ich überlege, ob ich eine Säge oder den Malteser Hilfsdienst holen soll und Frauchen versucht, Herrchen an seiner Jogginghose in den heimischen Garten zurück zu zerren.

Waldi erkennt offenbar den Ernst der Situation, winselt markerschütternd und macht sich daran, Herrchens Hände zu lecken. Seine altersschwache Blase ist dieser Aufregung nicht mehr gewachsen. Er hebt eines seiner kurzen Hinterbeinchen und pieselt ein Bächlein auf meinen Rasen. Ich sinne auf Rache, doch zunächst einmal muss Herrchen befreit werden. Mit angehaltenem Atem sehe ich bereits Feuerwehr, Technisches Hilfswerk und Hundefänger dem Szenario ein Ende bereiten.

Mittlerweile haben sich die Nachbarn aus den umliegenden Gärten zu einer Gruppe Schaulustiger versammelt und unterstützen uns durch hilfreiche Zurufe.

»Se müsse was unternäääähme!«, kreischt Frau Schäbele von Hausnummer 22. »Dä Mann schdirbd Inne noch unner denne Zaun.«

Frauchen und ich zucken zusammen.

»Hans-Pedää!« Frau Schäbele zupft aufgeregt am Garten-Overall ihres Gatten. »Nu helf denne Leut doch emol.«

»Soll isch mei Sääsch hole?« Hans-Pedää schaut etwas unbeholfen drein. »Oder ihr hebbet de Zaun an und mer zerret ihn drunnä naus.«

Etwas ungelenk kommt er über den Zaun geklettert und testet, ob man ihn anheben könnte. Waldi nähert sich und macht Anstalten, sein Revier zu verteidigen.

»Schätzchen, nicht!«, ruft Frauchen hilflos.

Waldi kläfft und schnappt nach Nachbars Wade.

»Ei, nu bringet se erscht emol dä Ködä in Sichäheid«, schimpft Hans-Pedää und springt erschrocken zur Seite.

»Waldi, sitz!«, meldet sich Herrchen mit zittriger Stimme unter dem Zaun hervor.

Aha, er lebt also noch.

Waldi will mal wieder nichts gehört haben und greift an. Panisch rettet sich Hans-Pedää mit einem beherzten Sprung über den Jägerzaun auf das benachbarte Grundstück.

Waldi hält triumphierend ein Stück Overall in der Schnauze. So schnell es seine Stummelbeinchen zulassen, schlüpft er unter dem Zaun hindurch und steht lobheischend vor Frauchen. Diese nimmt leicht irritiert die Trophäe entgegen und beteuert Herrn und Frau Schäbele, dass man selbstverständlich für den Schaden aufkommt.

Aber bitte erst, wenn der Herr Gemahl aus meinem Jägerzaun herausgesägt ist.

Waldi wird per Flexi-Leine dingfest gemacht. Herrchens Atmung geht wieder gleichmäßig und Frauchen betrachtet beschämt den Stofffetzen und besorgten Blickes ihren eingeklemmten Gatten.

Plötzlich naht Hilfe in Form des gut aussehenden, frisch zugezogenen Nachbarn von Nummer 26. Er rückt mit dem Akkuschrauber an und ich richte geistesgegenwärtig noch eben meine Haare. Fachmännisch löst er acht Schrauben, hebt bedächtig – hach, hat der Mann schöne Hände – das Jägerzaunelement heraus und beugt sich fürsorglich zu Herrchen herunter. Das ist mal ein Mann der Tat. Ich eile sofort hilfreich hinzu und gemeinsam stellen wir Herrchen unversehrt auf die Beine.

Die Nachbarschaft applaudiert, Frauchen vergießt ein paar Freudentränen und ich nehme dankend das Angebot – wenn noch mal etwas zu tun sei, soll ich mich ruhig jederzeit melden – vom attraktiven hilfsbereiten Nachbarn entgegen.

Welch glückliche Fügung.

Waldi, ich danke dir!

Sekretärinnengipfel

Unser Chef hat zum alljährlichen Sekretärinnengipfel eingeladen, und mit dieser Einladung habe ich mal wieder das alljährliche Kleiderproblem am Hals. Das kleine Schwarze scheidet, wie immer, wegen Nichtvorhandensein aus. Und selbst im Falle des Vorhandenseins würde ich garantiert nicht mehr hineinpassen, da mir meine Taille in den letzten Monaten auf unerklärliche Art und Weise abhanden gekommen ist.

Das zweite Problem besteht darin, dass ich, wie bereits in den Vorjahren, keine Idee habe, was ich als Anstandsgeschenk mitnehmen soll.

»Schenke ihm doch eins von deinen selbst genähten Brokatkissen«, schlägt meine Freundin Astrid vor, und ich überlege ernsthaft, ihr für diese Bemerkung die Freundschaft zu kündigen. Kein Brokatkissen für die weiße hochmoderne Ledercouch meines Chefs. Damit würde ich mich selbst ins Aus kicken, denn, und nun kommt Problem Nummer drei, man munkelt, dass die Chefsekretärin noch in diesem Jahr in den Vorruhestand gehen wird.

Chefsekretärin, Vorzimmerdame – diese Worte klingen wie Musik in meinen Ohren. Ebenso wie das Geklimper der Euros, die mit der Gehaltserhöhung für diesen Job verbunden sind.

Man tuschelt hinter vorgehaltener Hand, dass der Chef bei der Auswahl der Nachfolgerin seine Gattin mitentscheiden lassen wird. Also diesmal nicht das übliche Geplauder beim Grillabend im Garten des Chefs. Nein, korrektes Auftreten wird gefragt sein. Adrette Kleidung. Gutes Benehmen. Keine Patzer und kein Glas Rotwein zu viel. Am besten gar keinen Alkohol.

Astrids Designer-Kostüm, das sie mir freundlicherweise ausgeliehen hat, zwickt ein wenig in der Hüftgegend, und ich darf auf keinen Fall Schritte machen, die länger als zwanzig Zentimeter sind. Ich bete, dass ich es mit dem ungewohnten Kleidungsstück Rock und mit meinen neuen hochhackigen Schuhen einigermaßen unfallfrei durch die Diele bis in den Garten schaffe.

Das Mitbringsel, in Form eines riesigen Blumenkübels, versperrt mir leider die Sicht auf etwaige Stolperfallen, und so trete ich bereits kurz hinter der Türschwelle dem heimischen Dackel auf den Schwanz. Der jault auf und schnappt nach meinen Waden. Panisch halte ich mit meinen Stöckelschuhen dagegen. Mein Chef schmeißt sich dazwischen und seine Gattin wirft mir einen Blick zu, den ich in etwa so deute, dass ich bei einem weiteren Vergehen den Vorzimmersessel noch nicht einmal aus der Ferne betrachten dürfe.

Der Hund wird von Frauchen in den Garten getragen, und ich stelze kleinlaut hinterher. Um weiteres Unglück zu vermeiden, nehme ich eilig neben der Noch-Vorzimmerdame Platz.

Vier weitere potenzielle Kandidatinnen trudeln ein. Bärbelchen, unsere Auszubildende, ist gepierct und außerdem zu jung und zu unerfahren. Die Meyer-Gebauer ist zu alt und hat neulich beim Ausparken den Wagen des Chefs gerammt. Bleiben also noch zwei ernst zu nehmende Konkurrentinnen übrig. Und ich.

Eine Gehaltserhöhung käme mir gerade recht. Und die Berufsbezeichnung *Vorzimmerdame* hat was. Ich will den Job. Und zwar schnellstmöglich.

Ich mache meiner Vorgängerin eifrig ein Kompliment über ihre neue Frisur, in der Hoffnung, dass sie mich für ihre Nachfolge empfiehlt. Anschließend lobe ich lautstark den überaus gepflegten Garten, was mich aber nicht wesentlich weiterbringt, da der Chef gerade im Keller ist, um Getränke zu holen und seine Frau dem Geplapper vom gepiercten Bärbelchen lauscht.

Das angebotene Glas Weißherbst lehne ich dankend ab und begnüge mich mit Mineralwasser. Das wird Eindruck schinden. Wir prosten uns fröhlich zu und der Chef heizt den Grill an. Seine Gattin wird gerade intensiv von meinen Kolleginnen in Beschlag genommen, also bleibt mir nichts anderes übrig, als mich an den Dackel ranzumachen. Der starrt mich zwar böse an, aber ich schaue tapfer zurück und beobachte aus dem Augenwinkel meine Mitstreiterinnen. Alle wissen um die frei werdende Stelle, und jede versucht, sich ins rechte Licht zu rücken. Die Frau Gemahlin wird mit Lobhudeleien überschüttet und sonnt sich in der ungewohnten Aufmerksamkeit.

Meine Vorgängerin belächelt das auffällige Getue und zwinkert mir zu. Ich zwinkere zurück und beschließe, mich nicht weiter am Lobgehudel zu beteiligen. Mittlerweile finde ich den Weg über den Dackel wesentlich wirkungsvoller. Immerhin hat der Chef ein Foto von ihm auf dem Schreibtisch stehen.

Unbeobachtet lasse ich einen Brocken Fleisch unter den Tisch fallen. Der Dackel nimmt sogleich die Witterung auf. Während alle wie aus einem Munde überschwänglich die leckeren Grillwürste loben, fällt das nächste Stück. Der dritte Happen rutscht mir versehentlich auf den Rock. Er hinterlässt einen schäbigen Fettfleck, aber das wird Astrid mir verzeihen. Immerhin habe ich diese Aktion für einen guten Zweck gestartet.

An meinen Schienbeinen spüre ich den heißen, gierigen Hunde-Atem, und sein leises Schmatzen sagt mir, dass ich erfolgreich bin.

Ein halbes Kotelett sowie drei Viertel einer Grillwurst wandern häppchenweise in unbeobachteten Augenblicken zu Boden und ich bin mir sicher, dass ich einen neuen Freund gefunden habe. Er sitzt dicht bei meinen Füßen und stupst mich mit der feuchten Schnauze an, wenn er Nachschub möchte. Und ich lasse mich nicht lumpen.

»Sie haben aber einen gesegneten Appetit«, freut sich der Chef, strahlt mich an und legt mir ahnungslos das zweite Kotelett auf den Teller. Ich bedanke mich artig und strahle zurück.

Sollte ich den Vorzimmerjob bekommen, könnte ich mir vorstellen, ebenfalls ein Foto des verzehrfreudigen Teckels aufzustellen. Als Dankeschön, sozusagen.

Mittlerweile sitzt der Hund auf meinem Schoß und lässt sich von mir zwischen den Ohren kraulen. Mein Chef strahlt noch mehr als vorhin bei dem Kotelett und bemerkt nebenbei, dass er bislang noch gar nicht gewusst habe, wie tierfreundlich ich sei.

Meine Konkurrentinnen verstummen neidisch. Ich lehne mich siegessicher zurück. Der Dackel bleibt tapfer auf meinem Schoß liegen, und ich kraule mir die Finger wund.

»Was ich noch sagen wollte«, meldet sich der Herr des Hauses zu Wort. »Bitte verfüttern Sie keine Grill-Reste an den Hund. Er verträgt die Gewürze nicht.«

Scheiße. Hätte ich mir eigentlich denken können. Welcher Hund verträgt schon Grillgewürze? Ich erstarre in der Kraulbewegung und fühle, wie mir mein gesamtes Blut in den Kopf steigt. Im Hundebauch beginnt es verdächtig zu grummeln. Ich reiche den Hund vorsichtshalber an die Kollegin Meyer-Gebauer weiter, die bereits neidisch zu mir herüberschielt. Sie strahlt mich dankbar an, und ich bete, dass der Dackel sich nicht auf ihrem Schoß erbricht. Der scheint aber keine Lust auf weitere Streicheleinheiten zu haben. Er macht einen Satz auf die Terrassenfliesen und schleicht ins Haus. Und ich hoffe, dass er dort unbemerkt seine Magen-Darm-Geschichte auskuriert.

Die blondierte Resi haut sich derweil ihr drittes Würstchen rein und brabbelt mit vollem Mund, daff der Hund ein fönes Fell hat. Und daff daff heuke eine föne Paati ifft. Au backe. Dämlicher geht's nicht. Der Chef runzelt die Stirn. Die Kolleginnen grinsen. Aus für Resi. Vorzimmerdamen sprechen nicht mit vollem Mund. Meine Chancen werden größer.

Man ist wieder ins Gespräch über das nette hiesige Anwesen vertieft, und ich habe die geniale Idee, mal eben die leeren Teller in die Küche zu bringen, was mir ein anerkennendes Lächeln der Hausherrin einbringt und mich obendrein in der Diele die unverdaute Bratwurst des heimischen Dackels entdecken lässt. Glück muss der Mensch haben. Ich unterdrücke mein aufsteigendes Ekelgefühl und wische mit den gebrauchten Servietten das Unglück weg. Als ich gerade fertig bin, erscheint mein Chef und bittet mich, Sektgläser nach draußen zu bringen. Aha. Meine Stunde scheint gekommen. Sekt verheißt eine Ankündigung, die gefeiert werden will. Ich jubiliere innerlich. Ich werde zur Nachfolgerin ernannt, da bin ich mir sicher.

»Liebe Kolleginnen«, hebt unser Chef an. Augenblicklich verstummt jegliches Geplapper. Nur der Rasenmäher vom übernächsten Garten übertönt mit dezentem Knattern die Stille. »Ich freue mich, Ihnen heute eine Mitteilung machen zu können, die Sie sicherlich sehr überraschen wird.« Überraschen? Ich vergesse vor lauter Aufregung zu atmen. Er wird doch nicht am Ende das gepiercte Bärbelchen auf den heiß begehrten Vorzimmerbürostuhl hieven wollen? Oder die erblondete Resi? »Forfimmer Doktor Fröter, waff kann iff für Fie fun?«, höre ich sie im Geiste mit einem Sesam-Knäckebrot im Mund nuscheln.

Alle Augen starren auf den Chef, der eine künstlerische Pause einlegt, bevor er Luft holt, um endlich die Katze aus dem Sack zu lassen. Ich will diese Katze sein. Ich muss diese Katze sein. Ich habe mir vom Chefdackel Astrids Kostüm vollhaaren lassen und das Geschirr weggeräumt. Ich habe Hundekotze weggewischt. Und keinen Alkohol getrunken. Ich war immer pünktlich im Büro. Und überhaupt. Ich habe die besten Voraussetzungen. Jawohl!

Doch dieser Ignorant scheint das nicht zu würdigen.

Die Gläser klirren. Mein Selbstbewusstsein macht sich auf und davon.

Bärbelchen ist hochrot angelaufen, friemelt aufgeregt an einem ihrer zahlreichen Ohrstecker herum und stottert eine dilettantische Dankesrede herunter.

Wir anderen gratulieren höflich.

Meine Welt ist im Begriff, zusammenzubrechen.

Aus.

Vorbei.

Piercing im Vorzimmer.

Wie peinlich.

Aber klar, Auszubildende sind die billigsten Arbeitskräfte.

Mein Selbstbewusstsein liegt irgendwo unter der Grasnarbe, und ich überlege ernsthaft, bei der nächsten Gelegenheit meinen Chef mit einem Brokatkissen zu ersticken.

Noch während der Dackel mit seinen rumorenden Innereien auf die Terrasse geschlichen kommt, höre ich meinen Chef etwas von einer zusätzlich zu besetzenden Stelle reden.

Und plötzlich bin ich wieder ganz Ohr.

Mein Selbstbewusstsein auch.

Das Wort Assistentin fällt.

Und gleich hintendrein mein Name.

Die Kolleginnen staunen.

Und der Hund würgt.

Mein Selbstbewusstsein kommt zu mir zurück.

Welch Glück.

Denn dorthin, wo es gerade noch lag, erbricht der Hund die letzte Wurst.

Sport für Wintertage

»Wir sollten mehr Sport machen«, bemerkt mein Gatte am zweiten Weihnachtstag aus heiterem Himmel und mir bleibt vor Schreck ein Dominostein im Halse stecken.

»Noch mehr Sport?«, frage ich entsetzt und habe augenblicklich die letzte unserer mörderischen Radtouren vom vergangenen Sommer vor Augen. Schmerzende Oberschenkel, wunder Hintern und anschließend eine Ehekrise wegen angeblicher Dauer-Nörgelei meinerseits.

Der Herr Gemahl hat meine Frage offensichtlich überhört und behauptet, dass wir dringend einer Wintersportart nachgehen sollten. Und er hätte auch bereits eine geniale Idee. Zwischen meine Überlegungen von Langlauf über Wok-Rennen wirft er lässig das Wort *Aqua-Jogging* in den Raum.

»Bitte?«

»Was hältst du von Aqua-Jogging?«

»Nichts!«

»Wieso nicht?« Mein Gatte schaut erstaunt.

»Weil mein Badeanzug nicht mehr passt.«

Diese Tatsache wird ebenfalls ignoriert und er hebt erneut an.

»Ich hatte gedacht, Wassersport würde dir Spaß machen.«

Es gibt Momente, in denen Männer besser nicht denken sollten.

Ich schüttle entgeistert den Kopf, woraufhin er mir eröffnet, er hätte bereits im Internet den idealen Kurs für uns gefunden.

Ich stelle fest, dass es außerdem Momente gibt, in denen Männer nicht nur nicht denken, sondern besser auch nicht an den PC gehen sollten.

»Oh nein. Bitte kein Wassersport.« Auf gar keinen Fall werde ich mich auf Aqua-Jogging einlassen. Von mir aus ein Hometrainer, aber keine Wassergymnastik! Zur Beruhigung meiner Nerven greife ich erneut in die Dominosteine und überlege bereits, ob solch ein Ungetüm ins Schlafzimmer passen würde. Vielleicht, wenn wir die Kommode etwas nach links –

»Ich habe den Aqua-Jogging-Kurs bereits gebucht!«, murmelt mein Gatte etwas kleinlaut und schiebt zu seiner Verteidigung hinterher, dass nur noch zwei Plätze frei waren und seine Onlinebuchung somit ein außerordentlicher Glücksfall war.

Heiliges Kanonenrohr. Das war dann wohl einer der Momente, in denen Männer am besten einfach kein Glück haben sollten.

»So, meine Damen und Herren, jetzt drücken wir mal die Schwimmnudeln unter Wasser – ja, so ist's recht – und nun heben wir vorsichtig das rechte Bein darüber und – neeiin, nicht so ruckartig – Achtung! Der Herr da hinten! Sie müssen – «

Zu spät.

Eine rosa Schwimmnudel flitscht nach oben und mein Aqua-Nachbar blubbert nach unten.

»Hoppla!«

Ich greife beherzt zu und fische ihn an einem seiner Oberarme wieder hervor. Er prustet einen halben Liter Wasser aus Ohren, Nase und Mund, zuckt leicht verschämt mit den Schultern und brabbelt spuckend, dass das alles noch nicht so gut funktioniert mit seiner neuen Hüfte.

»Ach«, wendet sich ihm umgehend eine Dame mit geblümter Badekappe zu. »Interessant! Sie auch? Wann war denn Ihre OP?«

Während die beiden sich ausgiebig einem Gespräch über ihre Hüften widmen, werfe ich meinem Gatten einen verzweifelten Blick zu. Von wegen »es werden sicher viele in unserem Alter da sein« und »du wirst sehen, es wird dir

Spaß machen«. Hier wimmelt es nur so von künstlichen Kniegelenken, Oberschenkelhalsbrüchen und Möchtegerndoktoren, die ihre postoperativen Erfahrungen nebst medizinischem Halbwissen quer durchs Lehrschwimmbecken posaunen.

Ein Bandscheibenoperierter umschwimmt mich seit geraumer Zeit lüstern und jetzt halten auch noch die zwei neuen Hüften den Verkehr auf, indem sie lautstark über ihre Operationswunden fachsimpeln.

Der Bademeister klatscht aufmunternd in die Hände und spornt die gesamte Truppe erneut zum Über-Schwimmnudel-Klettern an. Sein Goldkreuzchen verheddert sich bei jeder Bewegung in der arg gekräuselten Brustbehaarung und ich überlege, ob Frau Merkel vielleicht für die Zukunft eine T-Shirt-Pflicht für Bademeister im Grundgesetz verankern sollte.

Wir heben artig ein Bein nach dem anderen, versuchen, so gut es geht, über die darunter geschobenen Nudeln zu hüpfen, während Goldkettchen uns vom Beckenrand aus mit einer Trockenübung vormacht, wie die richtige Beinstellung zu sein hat. Mein vorhin untergegangener Nachbar rudert emsig in Richtung seiner schweinchenrosa Schwimmhilfe, die sich jedoch durch seinen eifrigen Wellenschlag immer weiter entfernt. Als die Hüftkollegin mit der Blumenbademütze sich mir zuwendet und fragt, welche OP genau ich denn gehabt hätte, ergreife ich die Flucht und beschließe, zunächst einmal die Toilette aufzusuchen.

Als ich ins warme Nass zurückkehre, grölt Heino ein ohrenbetäubendes »Im Frühtau zu Berge, wir zieh'n, fallera!«, aus dem CD-Player und meinen fünfzehn Mitturnern wird rhythmisch brüllend die Aufgabe erteilt, möglichst hurtig im Kreis zu gehen, um damit einen Strudel zu erzeugen.

Goldkettchen scheucht mich zu der bereits fröhlich im

Kreis paddelnden Truppe und mein Gatte macht mit einem geschickten Hüftschlenker Platz, damit ich mich ordnungsgemäß einreihen kann.

Mittlerweile haben wir ein ordentliches Tempo drauf und gleiten quasi wie von alleine durchs Wasser.

»Na, das macht doch Spaß, oder?«, ruft mir mein Gemahl aufmunternd zu.

»Nein!«, zische ich zurück.

Wenn ich irgendetwas hasse, sind das solche bescheuerten Kollektiv-Turnübungen.

»Und hepp und vor und ja und hepp!«, feuert Goldkettchen uns an. Wir erzeugen einen kräftigen Strudel und lassen uns mitziehen. Das funktioniert zumindest einigermaßen reibungslos, und die Gesichtszüge meiner Mitschwimmer glätten sich zunehmend. Künstliche Knie, eingesetzte Hüften und eingerenkte Wirbel gleiten elfengleich durchs Wasser, als Goldkettchen aus heiterem Himmel die Musik abstellt und generalstabsmäßig das Kommando brüllt: »Und nun alle Mann in die andere Richtung!«

Zwei Oberschenkelhalsbrüche, mein Gatte und ich parieren in der Sekunde. Doch die anderen scheinen diese angeordnete Maßnahme erst einmal in Ruhe zu durchdenken. Der Wasserstrudel ist nicht zu unterschätzen. Zwei Knie-OPs donnern aufeinander und streifen dabei die Dame mit der Blümchenkappe. Diese verliert augenblicklich das Gleichgewicht und beim Untertauchen zusätzlich ihre Badermütze. Auch mein Hüftnachbar ist vom Sog erfasst. Er klammert sich an einen schwächlichen Herrn in neongelber Badehose und reißt diesen mit in die Tiefe.

Geistesgegenwärtig greift mein Mann nach dem Hüftnachbarn, und ich rette die gelbe Badehose. Leider tatsächlich nur diese, denn der hagere Besitzer hat sich vermutlich beim Kauf fatal in der Größe geirrt.

Er schafft es glücklicherweise ohne fremde Hilfe auf die Füße zu kommen. Ich schicke ein Dankgebet in den

Himmel, dass ihm das Wasser ob seiner geringen Größe bis zum Bauchnabel reicht. Verlegen grinsend versucht er, unter Wasser in seine Schwimmhose zu schlüpfen und ich wende mich diskret zur Seite.

Die Blumenkappe wird akkurat über die ramponierte Dauerwelle gestülpt und die Besitzerin erzählt währenddessen von den ersten Tagen nach der Operation. Als sie mit ihrer detaillierten Schilderung beim komplizierten Entfernen der Wundschläuche und des vorsichtshalber eingesetzten Urin-Katheters angelangt ist, wechselt mein Gemahl abrupt die Gesichtsfarbe. Und ich biete mich großherzig an, ihn auf der Stelle in die Umkleidekabine zu begleiten.

Er nickt und ohne auch nur eine Sekunde zu verlieren, zerre ich ihn zur Badeleiter. Goldkettchen ist ihm beim Rausklettern behilflich und ich werfe Frau Blümchenkappe noch schnell einen dankbaren Blick zu.

Auf dem Weg zu den Duschen kommt uns eine Truppe fröhlicher Leute entgegen. Die jugendliche Bademeisterin ruft ihnen zu, dass der Kurs *Aqua-Jogging* in ungefähr zehn Minuten, also sofort im Anschluss an die medizinische Wassergymnastik, stattfindet.

Wir erstarren auf der Stelle.

Mein Gatte hat den falschen Kurs angeklickt.

Er sieht mich entschuldigend an und ich schweige. Es gibt Momente, in denen Frauen lieber nichts sagen sollten, sondern lediglich handeln.

»Wir nehmen den mit dem integrierten Pulsmesser«, sage ich zu dem Verkäufer und dieser nickt beflissen. »Sollen wir ihn anliefern?«

Nein. Ich bestehe darauf, dass wir den Hometrainer sofort mitnehmen. Nicht, dass am Ende wieder einer dieser Momente des unkontrollierten Denkens in das Leben meines sportbesessenen Gatten tritt.

Cleopatra

Ja, sie ist schön und ja, sie bewegt sich anmutiger, als es mir jemals gelingen wird. Sie hat diese zauberhafte bewundernswerte Ausstrahlung, die man nicht erklären kann. Ihre Aura ist einzigartig. Ihr Fell glänzt und schillert in den verschiedensten Braun- und Rot-Tönen. Anmutig und grazil springt sie auf die Couch, schließt ihre smaragdgrünen Augen zu Schlitzen und dreht sich zunächst einmal um sich selbst, um sich dann gemächlich auf einem der Seidenkissen niederzulassen. Bereits jetzt genießt sie den Augenblick, in dem Herrchen aufspringen und ihr Tartar mit verquirltem Ei auf einem güldenen Tablettchen reichen wird.

Mein Adrenalinspiegel steigt. Gestern Früh hat dieses verwöhnte Viech gekotzt und seitdem wird Prinzesschen königlich umsorgt, keine Sekunde aus den Augen gelassen und etliche Kilo Tartar sind bereits im Mülleimer gelandet, weil es die Nahrung verweigert. Andere Katzen fressen Dosenfutter, gehen tagsüber raus, prügeln sich mit den Nachbarkatzen, sind aber dennoch kerngesund und glücklich. Cleopatra – noch nicht einmal gegen diesen Namen konnte ich mich wehren – räkelt sich den lieben langen Tag auf ihren Seidenkissen, lässt sich von ihrem Personal umsorgen und schleckt Tartar oder gekochtes Hühnchen und ist seit ihrem Brechanfall in den Hungerstreik getreten. Mich ignoriert sie komplett. Ich glaube, Cleopatra ist eifersüchtig.

Mit angehaltenem Atem hockt Herrchen fürsorglich vor der Couch und taucht seine Zeigefingerspitze in das Ei-Tartar-Gemisch.

»Komm, es gibt Happi Happi«, säuselt er und mir wird übel.

Prinzesschen schmollt und straft ihn mit Nichtachtung.

»Soll ich einen Krankenwagen rufen?«, entfährt es mir boshaft.

Den bitterbösen Blick von Herrchen ignoriere ich, erkläre mich aber großherzig bereit, im Internet nach alternativen Maßnahmen zu suchen.

"Die eifersüchtige Katze" gebe ich in die Suchmaschine ein und lese laut vor:

»Sparen Sie nicht mit Aufmerksamkeit und Liebe. Ausreichende Zuwendung ist das Mindeste, was ein Stubentiger verlangen darf.« Prinzesschen darf etwas verlangen? Mein Adrenalinspiegel nimmt nicht messbare Dimensionen an.

Au backe. Herrchen ist verzweifelt. Cleopatra schmollt immer noch stumm vor sich hin. Ich lese weiter: »Wer großen Wert auf eine harmonische Beziehung mit seiner Katze legt, sollte die ersten Anzeichen aufkeimender Eifersucht erkennen und schnellstens handeln, damit die Situation gar nicht erst eskaliert.«

Mein Vorschlag, sie in den Garten zu schicken, wird im Keim erstickt. Schade. Vielleicht hätte einer der geschlechtsreifen Kater, die dort herumstreunen, sie aufgetan und geschwängert. Gebären macht robust.

Ich wage einen weiteren Versuch. »Cleopatra ist sicher einsam und sehnt sich nach einem männlichen Beschützer. Und außerdem, die frische Luft – «

»Nein!« Herrchen erblasst und wirft sich schützend über das arme, von Eifersucht geplagte Tier.

Cleopatra faucht und zückt die Krallen.

»Ich glaube, sie mag dich heute nicht«, stelle ich gehässig fest. Ich begebe mich zu den beiden auf die Couch und beginne, Herrchens Rücken zu kraulen. Cleopatras Augen scheinen Gift zu sprühen und ich strecke ihr heimlich die Zunge raus.

Ich kraule Herrchen und Herrchen krault Cleopatra. Und mich krault niemand. Na warte. Meine Hand fährt unter

Herrchens Hemd.

»Lass das!«, zischt er. »Damit machst du alles noch schlimmer.«

Will ich ja auch und kraule weiter. Cleopatra richtet sich auf und ihre Augen werden noch schmaler. Ihr hasserfüllter Blick trifft mich bis ins Mark. Ich schaue genauso hasserfüllt zurück und beginne Herrchens Hemd aufzuknöpfen. Herrchen windet sich wie ein Aal.

»Bitte«, stammelt er. »Sie ist doch krank.«

Krank. Pah. Er schiebt meine Hand weg und nun ist es an mir, Gift zu sprühen. Cleopatra beginnt triumphierend zu schnurren und Herrchen atmet erleichtert auf, flüstert ihr irgendetwas ins Ohr und krabbelt sie unter dem Kinn.

Mein Herzschlag vervierfacht sich, meine Muskulatur krampft und die Galle möchte überlaufen.

Wie viel Adrenalin verträgt eigentlich der normale Mensch?

Ich glaube, ich habe ab sofort ein gestörtes Verhältnis zu Katzen.

Der Moment, in dem es an der Haustüre klingelt, könnte meine Chance werden.

»Passt du mal auf sie auf?«, flötet Herrchen, haucht mir besänftigend einen Kuss auf die Wange und hechtet zur Türe.

»Gerne«, zische ich.

Ich habe einmal gelesen, dass, wenn man sich etwas ganz ganz feste wünscht, dieses in Erfüllung geht. Man muss daran glauben. Ganz intensiv. Ich glaube also und ich wünsche und hoffe und -

Ein ohrenbetäubendes Gebell durchdringt unser Haus.

Cleopatra springt, ohne den Boden zu berühren, in die Gardine.

Der neuerworbene Pitbull vom tätowierten Nachbarn verfehlt sie um Haaresbreite und kläfft sich die Seele aus dem Leib.

»Tyson!«, brüllt sein Besitzer.

»Cleopatra!« Herrchens Stimme bebt.

Tyson lauert vor dem Vorhang und fletscht seine gelben Zähne.

Sein Speichel sabbert auf unser Parkett.

Cleopatras Gesicht ist von Panik gezeichnet. Das von Herrchen auch.

Der tätowierte Hundebesitzer steht ratlos in unserem Wohnzimmer. »Oh je, dat hatter mit meene Schwiejamutta ihre Katze neulich och jemacht. Anschließend isse am Herzinfarkt jestorben».

»Wer?«, entfährt es mir bissig.

Herrchen wird bleich.

Tyson knurrt und versucht, Cleopatra an die Gurgel zu springen. Sie maunzt herzerweichend und verheddert sich.

Hektisch versucht sie, ihre Krallen aus dem Stoff zu zerren, was dem Gewebe einiges an nicht so leicht wieder gut zu machenden Schäden zufügt.

Putz rieselt. Ich blicke zur Decke hoch. Die Gardinenstange löst sich in Zeitlupe.

Tyson bellt sich heiser und schnappt vor lauter Wut nach seinem Besitzer.

Der Nachbar kratzt unbehaglich an seinem Oberarm. »Ick hab den Köter erst paar Tage«, entschuldigt er sich. »Ick gloobe, der jehorcht nich.«

Ich rette mich vorsichtshalber auf den Wohnzimmertisch und Herrchen holt einen Eimer Wasser.

Drohend steht er vor Tyson.

Schwungvoll holt er aus. Und kippt.

Tyson flüchtet, so schnell es seine kurzen viereckigen Beinchen zulassen, unter die Couch.

Ich starre von meinem Wohnzimmertisch auf Cleopatra, die samt Gardine mit Stange in die Seiberlache von Tyson gestürzt ist und den Wasserschwall in vollem Umfang abbekommen hat.

Ein wohliges Gefühl der Genugtuung macht sich trotz der Trauer um die Gardine in mir breit. Dann bereite ich der Horrorshow ein Ende, indem ich vom Tisch springe und die Terrassentür öffne. Herrchen entwirrt derweil seine heiß geliebte und völlig durchnässte Cleopatra aus dem ramponierten Vorhang. Panisch stürzt sie nach draußen und wirft im Sprung noch eben meine teure Bodenvase um.

Tyson schält sich unter der Couch hervor und schießt keifend und blind vor Jagdfieber über die Terrasse. Der gusseiserne Grill steht im Weg, kippt durch den Hunde-Aufprall mit Getöse auf die Steinfliesen und reißt den Sonnenschirm mit.

Cleopatra klebt im Apfelbaum. Tyson hält knurrend Wache und pinkelt innerhalb der nächsten drei Stunden ungefähr zwanzig Mal an den Stamm.

Unser Nachbar hat letzte Woche eine preiswerte Parterrewohnung in einem anderen Stadtviertel bezogen und der dritte Drohbrief an die Versicherung ist gestern raus gegangen.

Herrchen erholt sich zunehmend von seinem Infarkt und wird nächste Woche aus der Reha entlassen. Nach seiner endgültigen Genesung, sagt er, soll Cleopatra Freigänger werden.

»Ah ja«, sage ich spitz. »Cleopatra wird Freigänger.«

Und die Erde ist eine Scheibe.

Anglerglück

Eigentlich wollte ich nur einen frühmorgendlichen Waldspaziergang machen. Gedankenverloren tapse ich vor mich hin und finde mich unverhofft an einem kleinen See, umzäunt von mannshohem Schilf wieder. Ein See, mitten im Wald. Ich halte inne und bin entzückt von der Stille und den schillernden Farben, die die aufgehende Sonne aus dieser entzückenden Landschaft hervorzaubert. Der See glitzert im Morgennebel. Der Tag erwacht.

Doch was ist das? Im Schilf bewegt sich etwas. Ich halte den Atem an. Wildschweine! - schießt es mir durch den Kopf und ich erstarre. Hilfe! Es raschelt. Bevor ich mich entscheide, ob ich die Flucht ergreifen oder lieber auf einen der umliegenden Bäume klettern soll, sehe ich etwas Grünes mit Hut. Ich schleiche mich an und atme erleichtert auf. Der vermeintliche Keiler entpuppt sich als Angler. Grüne Jacke, grüne Hose und beim Näherkommen erkenne ich sogar farblich abgestimmte Gummistiefel, die bis über seine Knie reichen. Selbst der Eimer und eine riesige Aufbewahrungskiste für Angelutensil haben denselben Farbton.

»Petri Heil«, rufe ich ihm fröhlich zu.

Der Mann erhebt sich von seinem Dreibeinhocker, ruckelt mit Hingabe an seiner Angel und nickt mit einem freundlichen »Petri Dank« grüßend zurück.

Das fasse ich mal einfach als Aufforderung auf, hierzubleiben und ihm zuzuschauen.

Andächtig beobachte ich, wie er gleichmäßig die Rolle einkurbelt und damit das Nylonseil aus dem Wasser herausbefördert. Der quietschorange Schwimmer baumelt hin und her und am Haken schnappt ein dreifach verschlungener Wurm nach Luft. Geschickt und galant holt mein Angler aus und »pfffft« rollt sich das Nylonseil ab und

»plitsch« landet es wieder in der Mitte des Weihers. Dann ruckelt er erneut und kurbelt an der Rolle. Und nochmal ausholen und »pffffft« und »plitsch«.

Ich bin fasziniert von der Leichtigkeit und der Präzision, mit der er diese Prozedur unermüdlich wiederholt. Das möchte ich auch können. Im Geiste sehe ich mich bereits mit einem Eimer frisch gefangener Forellen, unter tosendem Applaus meiner Familie, in die Küche einlaufen.

Während ich verzückt auf den See starre und überlege, ob es diese kniehohen Gummistiefel auch in Damengrößen gibt, verstummt plötzlich das »pffffft« und »plitsch«. Verwundert blicke ich zu dem Angler, der etwas unbeholfen von einem Bein auf das andere wippt.

»Ich – äh – müsste mal eben kurz – ähem – « Mit verlegenem Grinsen deutet er hinter sich auf den Waldrand und legt die Rute behutsam auf die Erde. Aha. Ich verstehe. Das Morgengeschäft. Er zaubert eine Klorolle aus seiner Angelkiste, murmelt was von »könnte länger dauern, hab in letzter Zeit so – äh – komische Verstopfungen – «, grinst breit und verschwindet im dichten Unterholz.

Ich wittere meine Chance und – schwupps, halte ich die Gerte in der Hand.

Wie ging das noch gleich mit der Technik? Ausholen – ah, das klappt gut – nach hinten schwingen und – hoppla – Oh! Der Haken hat sich tief in den Stoff des Dreibeinhockers eingegraben. Es ist ein Dreizack mit Widerhaken. Bei dem Versuch ihn mit dem Messer heraus zu hebeln, rutsche ich ab und mit einem dezenten »ssssssst« schneidet sich wie von selbst ein Schlitz in den Stoff. Oha, das gibt Ärger! Verschämt falte ich den Dreibein zusammen.

Ich krame in der grünen Kiste nach einem neuen Haken und entdecke mindestens dreißig Schwimmer und fünfzehn Ersatzrollen, etliche Plastikfische und zahlreiche, hübsch aufeinander gestapelte Dosen. Heiliges Kanonenrohr! Und da behaupten die Männer immer, Frauen hätten viele

Lippenstifte. Mindestens zweitausend Haken liegen in vielen kleinen Fächern, fein nach Größen sortiert. Schwer beeindruckt von so viel Ordnungssinn, nehme ich den erstbesten heraus und knote ihn umständlich am Nylonseil fest.

Das Ausholen und Nach-hinten-schwingen klappt diesmal gut, aber irgendetwas muss ich falsch gemacht haben, denn die Angel macht nicht »pffffft«. Aha! Das Nylonseil hat sich in der Rolle verheddert. Beim fachmännischen Untersuchen kullert plötzlich die Spule auf die Erde, obwohl ich quasi gar nichts gemacht habe.

Hilfe. Ich glaube, ich brauche Werkzeug und wühle erneut in der Kiste.

Als ich versehentlich den Deckel einer gelblich weißen Dose öffne, starren mich tausende von Maden an.

In letzter Sekunde unterdrücke ich einen Schrei, lasse sie zu Boden fallen, springe gleichzeitig erschrocken zurück und treffe dabei versehentlich den Eimer.

Er kippt und entleert sich.

Ich halte die Luft an. Ein Haufen toter Fische liegt zu meinen Füßen. Dreißig starre Augenpaare glotzen mit leerem Blick in die Luft. Die Maden klatschen vor Freude in die Hände und stürzen sich eifrig auf die glibberigen Körper.

Mir schlägt das Herz bis zum Hals.

Die Fische sind flutschig und ich habe absolut keine Ahnung, wie ich sie wieder in den Eimer kriegen soll. Verzweifelt krame ich in der Box nach Handschuhen oder sonst irgendeinem brauchbaren Utensil, mit dem man die Tiere packen könnte. Die Zeit drängt, aber ich finde nichts. Kurzerhand kippe ich die ganze Kiste aus. Schwimmer, Rollen, Haken und tausend Kleinteile kullern über die Fische. Die Maden ergreifen die Flucht. Es sieht aus, als hätte ein Erdbeben dieses idyllische Fleckchen Anglerglück erschüttert.

Panisch äuge ich zum Waldrand und überlege, ob ich feige die Flucht ergreifen oder den ganzen Kram einfach ins Wasser werfen soll und dem Angler weismachen, ich sei von einer üblen Verbrecherbande überfallen worden.

Während ich noch mit mir und meiner Entscheidung ringe, stehen plötzlich, wie aus dem Nichts, zwei fremde Männer vor mir.

Ich zucke zusammen und mein Herzschlag setzt aus. Bevor ich schreien oder in Ohnmacht fallen kann, zücken sie ihre Dienstausweise. Oha. Das Ordnungsamt. Ob ich wohl wüsste, dass es sich hier um ein Naturschutzgebiet handelt und das Angeln strengsten untersagt sei. Geschäftig deuten sie auf ein nicht zu übersehendes Hinweisschild. Oh, das hatte ich in der Aufregung noch gar nicht wahrgenommen.

Ich sammle mich einen Augenblick und nehme Angriffshaltung ein.

»Sehe ich etwa so aus, als ob ich angeln könnte?«, herrsche ich die Zwei selbstbewusst an.

»Nee«, grinsen beide. Das wiederum finde ich jetzt gemein.

Einer von ihnen zückt sein Handy und ordert Verstärkung und die Müllabfuhr. »Tja, hier waren wohl offensichtlich Vandalen am Werk.«

Ich nicke zustimmend und versuche meinen Blutdruck unter Kontrolle zu halten.

Offensichtlich werde ich nicht verhaftet, denn man wünscht mir noch einen schönen Tag. Mit einem gönnerhaften »Na, dann noch viel Spaß beim Wegräumen«, verabschiede ich mich und schlage die Richtung ein, in der ich den Angler vermute.

Der kommt gerade, seine grüne Jacke zurechtzupfend, hinter einem Baum hervor und ich gebe ihm verschwörerisch ein Zeichen, er solle sich schnellstens ducken.

Gehorsam wirft er sich ins Moos und ich raune im Vorbeigehen: »Achtung! Ordnungsamt!«

Er läuft augenblicklich hochrot an und nickt mir dankbar zu. Wohlwollend nicke ich zurück und rausche von dannen.

Hui, das war Glück in letzter Sekunde.

Mein Körper stellt die Adrenalinproduktion wieder ein, und ich schwöre bei einer Fünfzehn-Kilo-Forelle, dass ich im Leben nie wieder fremde Sachen anrühre.

Und dass ich niemals dem Angelsport zugeneigt sein werde. Schon alleine aus dem Grund, dass ich solch klobige Gummistiefel höchst unerotisch finde.

Die Lösung?

Eine Träne rinnt meine Wange hinab. Sie sucht sich einen Weg vorbei am Nasenflügel und landet schließlich auf der Oberlippe. Bewegungsunfähig sitze ich in der Bahn, starre aus dem Fenster, sehe durch einen Schleier Häuser und Bäume vorbeifliegen und frage mich erschüttert, weshalb die Ärzte Martha nicht haben retten können. Einhundertneunundsiebzig Seiten habe ich mitgezittert, mitgehofft, mitgebangt –

»Die Fahrkarte, bitte!«, reißt mich eine unbarmherzige Stimme aus der Trauer.

Fahrkarte? Scheiße. Die hab ich vergessen. Doch es ist mir egal. Wie unwichtig sind Fahrkarten im Gegensatz zu Marthas Tod. Ich knicke lethargisch ein Eselsohr in die nächste Seite und überlege, ob ich überhaupt noch weiterlesen soll.

»Geht es Ihnen nicht gut?« Der Herr in dunkelblauer Uniform beugt sich zu mir herunter

Ich schüttle den Kopf.

»Es ist nur – weil – ach, wissen Sie, Martha ist gestorben.«

»Martha?«

»Die Mutter von Bernadette, und ich hatte so gehofft – «

»Die Mutter von wem?«

»Na, Bernadette.«

»Bernadette – sicher – «

»Genau, hätte sie doch nur – aber wem sag ich das – «

»Nächster Halt, Niederkasseler Kirchweg«, schnarrt eine blecherne Stimme aus dem Lautsprecher.

»Oh!« Ich erhebe mich. »Ich glaube, hier muss ich raus!«

»Natürlich!« Der freundliche Kontrolleur begleitet mich zur Türe und wünscht mir alles Gute und viel Kraft. Ich nicke ihm dankbar zu und schleiche auf die andere Straßenseite.

Mein Name fällt und jemand tippt mir auf die Schulter.
»Sie sind dran.«
»Danke!«, winke ich eifrig ab. »Aber gehen Sie ruhig zuerst.

Ich hebe kurz den Blick, sehe, wie die Sprechstundenhilfe verständnislos den Kopf schüttelt und mein Nachbar freudig aufspringt.

»Es ist gerade so spannend!«, murmle ich verlegen und deute auf meinen Roman.

Bernadette steht am Grab ihrer Mutter und spürt, wie sich eine Hand auf ihre Schulter legt. Es ist eine vertraute Berührung. Mir wird warm ums Herz. Ihre Jugendfreundin Roberta ist zur Beerdigung gekommen. Die beiden haben sich nach dreißig Jahren wieder getroffen. Am Grab von Martha. Nein, ich kann jetzt unmöglich ins Sprechzimmer und mir den Zahnstein entfernen lassen.

Nachdem ich zwei weiteren Damen den Vortritt gelassen habe, weil Roberta und Bernadette nach unzähligen Jahren in ihrer Umarmung versinken und einander unendlich viel zu erzählen haben, taucht die Sprechstundenhilfe auf und fragt, ob ich nun bereit sei oder einen neuen Termin haben möchte.

»Kann ich während der Behandlung weiterlesen?«

Ihr Blick spricht Bände und ich verstaue meine Lektüre schweren Herzens in der Handtasche.

Während Roberta Bernadette erzählt, dass sie mehrere Jahre im Ausland gelebt hat, werde ich dreimal angehupt, weil ich lesend die Straßenseite wechsle. Der nächste Autofahrer steigt voll in die Bremsen und zeigt mir einen Vogel, aber ich lächle ihn verzückt an, weil die beiden Freundinnen wieder beisammen sind. Fröhlich deute ich auf mein Buch, woraufhin er die Seitenscheibe herunterkurbelt und mich fragt, ob ich noch alle Tassen im Schrank hätte.

Weil Bernadette gerade erfährt, weshalb Roberta sich seit Ewigkeiten nicht gemeldet hat, bin ich schon wieder ohne gültigen Fahrschein unterwegs. Der freundliche Kontrolleur vom Nachmittag scheint bereits Feierabend zu haben und so kann ich ungestört lesen, wie Roberta beichtet, dass sie damals unsterblich in einen Jungen verliebt war, der jedoch nur Augen für Bernadette hatte. Nun ist sie selber glücklich verheiratet, hat zwei gut geratene Kinder, und als sich die Familien Tage später zu einer gemeinsamen Wanderung treffen, hab ich zwei Haltestellen verpasst. Ich lese das Wort ENDE und muss vier Kilometer zurücklaufen. Das jedoch war mir die Sache wert und fröhlich beschwingten Fußes, ob des guten Ausgangs, erreiche ich mein Zuhause.

Im Schein der Nachttischlampe tauche ich ein in das Leben eines Gutsherrn und seiner beiden Schwestern. Doch was ist das?
Lord Desmonds Leiche wird in den frühen Morgenstunden aus dem Moor geborgen. Der Ruf eines Käuzchens verhallt im Nichts, und durch den Nebel, der wie Blei über der malerischen schottischen Landschaft ruht, nimmt niemand die Gestalt wahr, die sich schemenhaft zwischen den Schwaden bewegt. Geraldine und Gwendolyn schlagen bei der Nachricht dieses grausamen Todes verzweifelt die Hände vor ihre bleichen Gesichter. Erstochen hat man ihren Bruder. Hinterhältig erstochen. Die beiden Schwestern sind verzweifelt. Wie sollen sie das Gut nun alleine weiterführen? Wie konnte der Mörder bloß so gefühllos sein?
»Du Schuft!«, rufe ich erbost aus und schlage wütend mit der Faust auf mein Kopfkissen, »Man sollte dich mit deinem eigenen Messer hinterrücks erstechen!«
»Was?« Mein Gatte schreckt aus dem Schlaf hoch und wird bleich.

»Oh! Nein, nein, ich meine den Mörder!«

»Vielleicht könntest du woanders weiterlesen?«, schlägt mein Gemahl ungehalten vor und verschwindet wieder unter der Bettdecke.

Die Geschehnisse rauben mir den Schlaf. Es ist drei Uhr nachts und ich halte mir bereits die Augen mit Daumen und Zeigefinger auf. Der Gärtner scheidet definitiv als Täter aus. Der Butler hingegen scheint mir nicht ganz koscher zu sein. Eben verfolgt er Gwendolyn, als sie zu später Stunde in den Pferdeställen nach dem Rechten sehen will –

Als ich erwache, ist es bereits hell und ich habe einen Druckschmerz auf der Stirn. Auf Seite 186 muss ich kopfüber in den Krimi gefallen sein. Was war noch gleich passiert? Gwendolyn – im Dunkeln – ach ja, und der Butler –

Mein Nacken schmerzt ebenfalls. Ich blättere eine Seite zurück. Der Stalljunge beobachtet, wie Geraldine den beiden nachgeht, und gerade als der Butler die schwere Stalltüre hinter sich schließt, fliegt die Küchentüre auf und mein Mann steht da, grinst und tippt sich an die Stirn.

»Du hast da einen roten Fleck.«

Verlegen zupfe ich an meinem Pony und schleiche ins Bad.

Der Butler – der Stalljunge – ob einer von beiden der Mörder ist?

Hoffentlich kommen die Schwestern nicht auch noch zu Schaden.

Ich lese im Büro weiter. Mein Chef ist auf Dienstreise, was die Sache ungemein erleichtert.

Der Stalljunge schlüpft hinter einen Heuballen und wird Zeuge eines Gesprächs, in welchem der Butler Gwendolyn eröffnet, dass er einen Verdacht habe. Gerade in dem Moment, da er sich anschickt, einen Namen zu nennen, hämmert Geraldine an die Stalltüre und die Vollblüter beginnen zu wiehern.

Zeitgleich klingelt mein Telefon. Die Kollegin Pörschke möchte meinen Chef sprechen. Geistesabwesend stammle ich irgendetwas in den Hörer und gebe noch eilig die Handynummer preis, um fortan ungestört zu sein.

Gwendolyn und der Butler verlassen das Gestüt und gehen zum Herrenhaus. Geraldine versteckt sich rasch hinter einer Mauer und der Stalljunge beginnt, die Pferde zu tränken.

Am nächsten Morgen wird Gwendolyn tot in ihrem Bett aufgefunden. Sie wurde erwürgt. Mir stockt der Atem.

Erneut rappelt mein Telefon. Mit zitternden Händen hebe ich ab und höre meinen Chef mit ungehaltener Stimme fragen, was mich dazu gebracht hätte, Frau Pörschke weiszumachen, dass er sich gerade dienstlich in einem Pferdegestüt befände.

Ich glaube, ich muss meine Leselust zügeln und disziplinere mich selber, indem ich meinen Krimi im Nachbarbüro abgebe, mit der Auflage, ihn mir keinesfalls vor der Mittagspause auszuhändigen.

Die Kollegin schaut auf den Titel und ruft fröhlich aus, dass sie das Buch bereits gelesen habe. Bevor ich sie bremsen kann, teilt sie mir mit, dass der Stalljunge die Morde begangen hat, weil Lord Desmond –

»Dusselige Kuh!«, zische ich wütend.

In der Mittagspause verzichte ich aufs Essen und gehe in die Stadt, um Nachschub zu besorgen. Dass ich lediglich zwei ungelesene Bücher daheim habe, macht mich nervös. Was, wenn ich in den nächsten Tagen erkranke? Was, wenn ich gehunfähig werden sollte und mein Gemahl versäumt, mir rechtzeitig genügend Literatur zu besorgen?

Die horrende Summe im Buchhandel bezahle ich mit EC-Karte und die Kassiererin meint schmunzelnd, dass ich ja nun für die nächsten Jahre ausgesorgt hätte. Und mein Gatte empfiehlt mir eine Woche später – nach Durchsicht der Kontoauszüge – doch eher einen Ausweis in der hiesigen Stadtbücherei zu beantragen.

Meinen freien Tag nutze ich, um mich als neues Mitglied im städtischen Bücherparadies umzusehen. Die Bibliothekarin ist mir mit ihren Empfehlungen behilflich und ich darf zwischen sieben Liebesromanen, neun Krimis und acht Abenteuerromanen wählen. Als ich mich innerhalb einer Zehntelsekunde entschließe, gleich alle mitzunehmen, wird die freundliche Dame beinah bewusstlos. Sie sieht mich prüfend an und fragt mit hochgezogener Stirn:

»Sagen Sie mal – sind Sie – « Diskretion scheint wichtig, deshalb blickt sie sich noch einmal nach allen Seiten um und flüstert: » – lesesüchtig?«

Es habe da wohl während ihrer Laufbahn einmal einen solchen Fall gegeben. Besagter Dame wurde zunächst die Stellung gekündigt und später auch die Wohnung. Die Bücher begannen irgendwann aus den Fernstern herauszuquellen, die Lesesüchtige nahm kaum noch Nahrung zu sich und verwahrloste schließlich zwischen unkontrolliert verschlungener Literatur.

Nach einer mehrmonatigen Therapie darf sie nun – allerdings unter strenger Aufsicht – mit dem Lesen von täglich höchstens einer Kurzgeschichte in den Alltag zurückkehren.

In den letzten drei Monaten habe ich vierzig Bücher verschlungen. Einen Leseentzug stelle ich mir grausam vor. Wie kann der Mensch ohne Buchstaben leben? Bevor ich zwangseingewiesen werde, muss ein Heilungsweg gefunden werden. Panisch wähle ich Astrids Nummer, bitte meine Freundin, mein Geständnis vertraulich zu behandeln und frage sie zitternd um Rat.

»Ich bin am Ende, Astrid«, wispere ich. »Du musst mir helfen.«

Ich habe die beste Freundin der Welt. Die Antwort kommt prompt und scheint wirkungsvoller als jeglicher Entzug:

»Du willst vom Lesen wegkommen? Da gibt's nur Eines: Du musst selber schreiben.«

Tschaka! Das ist die Lösung!
Wobei ich im Moment noch rätsle, ob dieser Vorschlag tatsächlich weniger Suchtpotenzial birgt ...

Ein geheimnisvolles Wort

»Agnumamad«, krächzt unser Pflege-Papagei seit nunmehr drei Tagen und mein Mann tippt sich an die Stirn.
»Ich glaube, der hat sie nicht mehr alle.«
Ich stecke ein Salatblatt zwischen die Gitterstäbe, er knarzt »Agnumamad.«
Ich gebe ihm frisches Wasser, er knarzt »Agnumamad.«
Wir rufen »Hallo«, er antwortet »Agnumamad.«
»Sicher hat er Heimweh nach seinem Frauchen«, vermute ich mitfühlend. Natürlich. Er wird Heimweh haben. Was sonst? Armes Tierchen. Armes Frauchen. Ich sehe sie noch vor mir, als sie von den Sanitätern aus dem Haus getragen wurde und mir mit zittriger Stimme bittend und verzweifelt zurief, ich möge mich um ihren Liebling kümmern.
Das Telefon klingelt und ich melde mich mit »Agnumamad«.
Mein Mann grinst und ich murmle eilig unseren Nachnamen.
Zu spät. Am anderen Ende ist bereits aufgelegt.
»Wenn du noch einmal dieses Wort sagst, bringe ich dich ins Tierheim«, droht mein Gatte Richtung Käfig und unser Gast-Papagei macht daraufhin ein dünnes graues Häufchen.
Das Telefon klingelt abermals und diesmal geht der Herr Gemahl ran.
»Oh«, sagt er nach einer Weile. »Oh, das tut mir Leid.« Und »Ja, selbstverständlich, bei uns ist er in guten Händen.«
Ich ahne Schlimmes und mein Mann nickt mir betroffen zu und legt auf.
»Er gehört uns.«
Oha, unsere Nachbarin ist verstorben und wir haben ihren Papagei geerbt.

Agnumamad. Herzlich Willkommen. Mögest du dich wohl fühlen, in deinem neuen Zuhause.

Nach der Beerdigung beschließen wir, ihn Coco zu nennen und nachts ein Tuch über dem Käfig zu drapieren, in der Hoffnung, dass dann Ruhe herrscht. Er scheint entweder ein Nachtpapagei zu sein oder im Schlaf zu sprechen. Ständig brabbelt er dasselbe Wort: Agnumamad. Es bringt uns um den Verstand. Und wir werden wohl niemals herausfinden, was es bedeutet.

»Agnumamad«, schallt es von unserer Terrasse. Eine Horde neugieriger Nachbarskinder hat sich in unserem Garten versammelt und bewundert den Käfig mitsamt Papagei. Ich setze ein Preisgeld von fünf Euro aus, für denjenigen, der es schafft, Coco ein neues Wort beizubringen, doch das scheint ein Fehler zu sein.

Die Kinder plärren augenblicklich lautstark durcheinander und Coco kauert sich verstört auf den Boden.

Der Rentner aus Haus Nr. 5 kommt behende über die Zäune gesprungen und gesellt sich dazu. Die Kinder werden von ihm zunächst zum Schweigen und anschließend zum Verschwinden verdonnert und ich muss mir einen halbstündigen Vortrag über artgerechte Haltung von Papageien anhören. Anschließend frage ich mich, wie Coco es bislang geschafft hat, zu überleben. Der Nachbar bringt mich fast so weit, ihm Coco zu überlassen, aber das traurig geknarzte »Agnumamad«, hält mich davon ab. Der Nachbar wird hellhörig. Agnumamad? Nein, Ardnamurchan, habe das Tierchen gesagt. Ardnamurchan. Eindeutig. Ardnamurchan. Es handle sich hier um eine schottische Halbinsel, auf der sich der westlichste Punkt des britischen Festlandes befindet und – «

Ich schiele auf die Uhr und hoffe, dass mein Mann nach Hause kommt, um mich vom nachbarschaftlichen Plausch abzulösen.

Die Eheleute Schulze von Haus Nr. 7 äugen neugierig

über den Zaun und der Rentner winkt sie zu meinem Entsetzen herbei. Dass ich eigentlich keine Zeit für Besucher habe, überhört er geflissentlich.

Frau Schulze ist ganz besonders angetan von Cocos edlem Gefieder und seinem »Agnumamad« und beschließt, mal eben die Witwe Meier aus Nr. 1 dazu zu holen. Sie hätte jahrelang Kanarienvögel besessen und könne bestimmt dieses Wort deuten. Der Rentner ist beleidigt, bleibt aber beharrlich auf unserer Terrasse sitzen.

Frau Meier hält ihr Ohr dicht an den Käfig, um Coco besser verstehen zu können. Coco möchte aber gerade jetzt im Moment nicht reden, und um sich die Wartezeit zu vertreiben, bestellt Herr Schulze ein Bier. Ich staune nicht schlecht und Frau Schulze ruft: »Nix da, Herbert, nicht am Nachmittag schon Alkohol!« Und zu mir gewandt: »Bringen Sie ihm ein Wasser. Und mir bitte auch, aber ohne Blubber.«

Ich bin so verdattert, dass ich die Hacken zusammenschlage, hineingehe und zwei Wasserflaschen hole.

Coco hat zwischenzeitlich freundlicherweise sein »Agnumamad« von sich gegeben und draußen ist eine heiße Diskussion entfacht.

»Also, ich verstehe immer irgendwas mit Mama«, sinniert Frau Meier.

»Unsinn«, weist der Rentner sie zurecht. »Er sagt Ardnamurchan. Das ist eine schottische Halbinsel. Vermutlich ist er dort geboren und – «

»Papperlapapp«, mischt sich Frau Schulze ein und reißt mir eine der Flaschen aus der Hand. »Seid mal ruhig und hört noch einmal genau zu.«

Man rückt näher an den Käfig und nach zehn Minuten haben alle vier die Gitterstäbe auf ihren Ohren abgemalt. Doch Coco hat wohl beschlossen, vorläufig zu schweigen.

Die Nachbarschaft nimmt enttäuscht auf unseren Gartenbänken Platz, und scheint bereit zu sein, geraume Zeit zu warten. Bevor ich eingreifen und mit dem Käfig nach drinnen verschwinden kann, hat Coco es sich anders überlegt und beglückt uns mit einem leisen »Agnumamad«. Meine Gäste springen auf und scharren sich um den Papagei.

Ich entschuldige mich, schlüpfe ins Haus und rufe verzweifelt Astrid an.

Wo sie auf die Schnelle die Perücke, die Sonnenbrille, den weißen Kittel und das Stethoskop aufgetrieben hat, ist mir ein Rätsel, aber als sie sich mit »Guten Tag, die Herrschaften, mein Name ist Svetlana Richter vom Zoologischen Institut für ausgefallene Papageienkrankheiten«, vorstellt, schaut die komplette Nachbarschaft absolut beeindruckt und ehrfürchtig aus der Wäsche. Astrid-Svetlana scheucht die Gaffer souverän beiseite, öffnet den Käfig und drückt Coco das Stethoskop auf die Brust. Dieser schaut zunächst erschrocken drein und versucht anschließend darauf herum zu picken.

Astrid fühlt noch ausgiebig die Temperatur des Federkleides und murmelt anschließend etwas von »äußerst bedenklich« und »unter Umständen lebensbedrohlich« sowie »auf Menschen übertragbar«, woraufhin meine Gäste wie aufgescheuchte Hühner das Weite suchen.

Nachdem wir uns von unserem Lachanfall erholt und Coco wieder ins Wohnzimmer bugsiert haben, berichtet Astrid von ihrem Cousin, der eine riesige Vogel-Voliere in seinem Garten hat. Dem Tierchen zuliebe, meint Astrid und ich nicke. Für unsere einsame Nachbarin war Coco sicher ein tröstender und zeitvertreibender Wegbegleiter, aber nun ist es an der Zeit, ihm ein wenig mehr Freiraum zu verschaffen.

Die spätabendlich von Frau Schulze – in vorsorglich angemessenem Abstand – über mehrere Gartenzäune hinweg gestellte Frage, was denn nun aus dem mit der ansteckenden Krankheit behafteten Papagei werden wird, beantwortet mein Gatte spontan und todernst mit »Agnumamad«.

Woraufhin ich den eben zu mir genommenen Schluck Wein in den Goldfischteich pruste.

Ich bin ja nach wie vor der Meinung, dass man nicht alles wissen muss. So auch nicht, was das Wort *Agnumamad* bedeutet. Sollte Coco jedoch planen, sich in seinem neuen Zuhause zu vermehren, wäre zu überlegen, den Cousin zu bitten, einen der Papageien-Nachkommen auf den Namen *Agnumamad* zu taufen, allein, damit dieses wundervolle Wort nicht ausstirbt ...

MATJESPARTY

Spätestens beim Zwiebelschälen fange ich an, die Einladung mehr als bitter zu bereuen. Seit zwei Stunden liegen hunderte tote Matjes in meinem Kühlschrank, es ist kein Platz mehr für Wurst oder Joghurt und der riesige Berg von Zwiebeln will kein Ende nehmen.

Nicht nur, dass ich heute fünfzig werde, nein, ich habe viele Menschen zum Feiern eingeladen. Ganz viele. Die meisten davon kenne ich nicht einmal. Aber sie waren gestern Abend alle auf dem Feuerwehrfest und haben mir um Mitternacht ein Geburtstagsständchen gesungen. Und sie haben kräftig applaudiert, als ich nach dem ungefähr zwölften Glas Sekt auf die Bühne getorkelt bin und das Mikro an mich gerissen habe: »Ischlade eusch – ähh – sssumm Matsches essn – ladisch eusch – hicks – tschldigung – ein! Herssslich – willkommn.«

Der Applaus dröhnt mir noch immer in den Ohren. Nach der Ansage wurde ich von meinem Mann abgeführt und ins Bett verfrachtet.

Meine Augen brennen. Ich heule und fluche und wische mir mit zwiebelgetränkten Fingern die Tränen weg. Und schnipple halbblind weiter.

»Aua!«

Blutstropfen perlen von meinem Daumen auf die Zwiebelringe. Wütend knalle ich das Messer auf den Küchentisch.

Ich wickle ein Papiertaschentuch um meinen Daumen, nehme zwei Schnitzel aus dem Gefrierschrank, kühle damit meine geschwollenen Augen und hadere mit meinem Leben und mit dem Matjesangebinde, das der Vetter vom Einsatzleiter der Freiwilligen Feuerwehr am Morgen angeliefert hat.

Mein Mann ist seit dem Frühstück verschollen. Sicher

sitzt er bereits beim Scheidungsanwalt. Natürlich werde ich alle Schuld auf mich nehmen und er wird das Haus, das Auto und die Stereoanlage bekommen. Jawohl. Ich habe die Ehe ruiniert. Gestern. Auf dem Feuerwehrfest. Ich habe ihn und mich blamiert und heute Abend werden obendrein tausende von Menschen unseren Rasen platt trampeln. Sie werden sich um die Matjes prügeln. Sie werden Alkohol trinken, durch den Garten torkeln und lautstark Seemannslieder grölen.

Vielleicht sollte ich einfach in Urlaub fahren. An die Nordsee zum Beispiel. In die Heimat meiner toten Freunde. Ach, ihr armen Meerestiere. Ich bin Schuld, dass so viele von euch sterben mussten. Ich hoffe, ihr verzeiht mir.

Mir ist schlecht. Ich schwöre, ich trinke nie wieder Sekt. Was habe ich da eigentlich angerichtet? Ich bin fünfzig und brauche dringend Hilfe.

Kleinlaut greife ich zum Telefonhörer: »Mama, du musst mir helfen.«

Ich habe die beste und resoluteste Mutter der Welt. Zwei Stunden später liegen die Zwiebelringe fein säuberlich geschnitten in Plastikwannen, Brötchen sind geordnet, der Getränkehandel sichert uns telefonisch einen Sonderpreis zu und liefert neben Bierfässern auch Stehtische und Sonnenschirme. »Kindchen, du kannst doch nicht das halbe Dorf einladen und nur Matjes servieren. Dazu gehören auch Brötchen und Getränke und – wie siehst du überhaupt aus?«

Eine weitere Stunde später finde ich mich beim Friseur wieder, der ebenfalls gestern Abend nebst Gattin anwesend war und mir nun freudig mitteilt, dass seine Schwiegermutter und sein Schwager die heutigen Theaterkarten verfallen lassen und lieber an meiner Matjesparty teilhaben möchten.

»Gerne«, murmle ich gefasst, lasse die Trockenhaube über mich stülpen und greife dankbar zur Tageszeitung, die man mir reicht. Ich werde vorsichtshalber schon einmal nach einer Mietwohnung Ausschau halten.

Die Mannen der Freiwilligen Feuerwehr belagern seit einer halben Stunde unser Grundstück und testen ausgiebig die Temperatur des Bieres. Sogar der Spielmannszug hat sich angekündigt und unser Garten füllt sich mehr und mehr mit fremden Menschen.
 Mein Ehemann ist wieder aufgetaucht, straft mich mit Missachtung und ich stehe im Badezimmer vor dem Spiegel und betrachte meine neue Frisur. Und meine Ränder unter den Augen.
 Ich glaube, ich möchte nicht mehr leben. Überall wo ich gehe und stehe, sehe ich Matjes, Zwiebelringe und Brötchenkörbe. Mama kramt in ihrer Handtasche nach Schminke. »Kindchen, so kannst du unmöglich rausgehen.« Resolut drückt sie mir ihren Puderquast ins Gesicht, besprüht mich mit Parfüm und scheucht mich in den Garten.
 Tosender Beifall empfängt mich und viele fleißige Hände schleifen Pappteller, Matjes und Brötchen nach draußen. Die Kapelle spielt *Happy Birthday*. Mama strahlt. Sie hat kurzerhand noch Genever besorgt, beteuert, dass dieses Getränk unbedingt zum Matjesessen dazugehört und reicht mir ein volles Schnapsglas. Dankbar trinke ich und fühle mich gleich besser. Damit dieses Gefühl nicht nachlässt, stoße ich mit dem Leiter der Feuerwache an und vorsichtshalber auch noch mit meinem Friseur und dessen Schwiegermutter. Den warnenden Blick meines Gatten ignoriere ich und klemme mir die Flasche unter den Arm, um mich mit einem weiteren Gläschen beim Kapellmeister und am besten gleich bei dem gesamten Spielmannszug zu bedanken.
 Als die Flasche leer ist, beginne ich, die Party wunderschön zu finden.
 Die Menschen sind fröhlich und lachen und den Rasen

werde ich morgen neu einsäen. Mama schäkert mit den Polizisten, die wegen Ruhestörung herbeigerufen wurden, und die Matjesbrötchen sind bis auf einige wenige aufgegessen. Sogar der Bürgermeister erscheint und ernennt mich zur Ehrenbürgerin der Stadt.

»Viiieln Dank – alle sssuusammn«, höre ich mich noch rufen, bevor mein Mann mich erneut ins Bett verfrachtet.

Die Sonne scheint grell in meine Augen, die ich nur Bruchteile von Millimetern öffnen kann. Ich habe Kopfschmerzen und einen schrecklich faden Alkoholgeschmack im Mund.

Ob ich die Matjesparty nur geträumt habe oder ob sie wirklich stattgefunden hat, weiß ich im Moment noch nicht. Aber eines steht fest:

Ich liebe Matjes.

Kreuzfahrt auf der Bellariva

Aus halb geöffneten Augen beobachte ich, wie sich meine Liegennachbarin Sonnenöl auf ihr ausladendes Dekolleté kippt. Mit flinken Bewegungen verteilt sie es eifrig auf der nicht mehr ganz jungen Oberfläche. Ihre feuerrot lackierten Fingernägel leuchten und die Brillanten an ihren Ringen funkeln in der Sonne.

»Mathilde, wat meinsse – kleines Tänzken heut Abend mittn Käpt'n?«, kräht sie fröhlich zur anderen Seite, wischt ihre öligen Finger an der Orangenhaut ihrer Oberschenkel ab und klatscht freudig in die Hände.

Mathilde schreckt aus dem Schlaf hoch, sortiert ihren Busen im zu knappen Bikinioberteil und nickt begeistert. »Aba klar doch. So'n schicken Mann kriegn wa nich alle Tage auffe Tanzfläche. Darauf müssn wa aba gleich ein'n trinken, woll?«

Genüsslich räkelt sich Miss Orangenhaut in froher Erwartung auf den heutigen Abend auf ihrer Liege, die unter ihrem Gewicht zu quietschen beginnt, und zwinkert Mathilde verheißungsvoll zu. Mathilde kichert, bekommt vor Aufregung rote Bäckchen und überlegt laut, mit welchem Getränk man darauf anstoßen könnte. Schnaufend wuchtet sie sich hoch, um die Bar zu stürmen.

Der arme Käpt'n. Bestimmt würde er lieber mit *mir* tanzen. Wenn ich auch nicht eine solch beachtliche Oberweite aufweise, nehme ich es mit euch alle Male auf. Jawoll, ihr Kreuzfahrt-Diven, da werden euch die Klunker wohl nichts nutzen. Der Käpt'n gehört mir. Amüsiert schließe ich die Augen.

Die Kapelle gibt alles. Wohlbetuchte Herren schieben wohlbetuchte Damen keuchend übers Parkett. In meinem bodenlangen schwarzen Abendkleid komme ich mir sehr elegant vor und tanze stolz und gazellengleich mit dem Ersten Steward am Arm an Mathilde und Miss Orangenhaut vorbei, die lüstern zum Käpt'n schielen. Seit geschlagenen zwei Stunden kleben sie auf ihren Barhockern und warten vergeblich auf das erhoffte Tänzchen. Sie trösten sich mit dem mittlerweile wohl achten Glas Champagner, kichern laut und versuchen aufreizend ihre Beine übereinander zu schlagen. Tja, Mädels, das sieht nicht gut aus für euch.

Des Käpt'ns Blick ruht auf mir. Er steht in den Startlöchern. Und mit den letzten Tönen von *Azzurro* steht er neben uns und klatscht ab. Der Steward übergibt mich ungern und ehe ich mich versehe, gleite ich in den starken Kapitänsarmen über die Tanzfläche. Mathilde wird vor Neid grün im Gesicht und Miss Orangenhaut wendet sich beleidigt ab. Mein Herz schlägt höher.

Ich lasse mich führen. Eins zwei – tscha tscha tscha. Wow, der Mann kann tanzen. Ich schwebe. Seine Hand liegt fest auf meinem Rücken. Wir drehen uns und schauen einander in die Augen. Ich schenke ihm mein bezauberndstes Lächeln und er lächelt verführerisch zurück. Eins zwei – tscha tscha tscha. Lieber Gott, lass diesen Tanz nie zu Ende gehen.

Die übrigen Passagiere applaudieren, der Kapellmeister verbeugt sich und wir tanzen einfach weiter. Wir sind wie im Rausch. Der Käpt'n zieht mich nah zu sich heran. Die Kapelle hat Erbarmen und setzt, angereichert durch einen aufgedonnerten Zarah-Leander-Verschnitt, wieder ein.

»Ich weißßß – äss wirrrrrd – einmal ein Wundärrrrr – geschehhhhn – «, gurrt Zarah hingebungsvoll ins Mikrofon.

Der Käpt'n summt leise mit und ich schmelze dahin. Ich lehne meinen Kopf an seine Schulter. »Ein wunderbarer Abend«, raunt er mir ins Ohr und ich spüre, dass ich erröte. »Es ist so heiß hier, komm, lass uns an Deck gehen«, raunt er weiter. Ich nicke unmerklich und lasse mich willig von ihm an den Barhockern vorbeilenken. »Dat is ja wohl nich wahr getz«, zischt Mathilde erbost. Und Miss Orangenhaut leert verzweifelt in einem Zug ihr Champagnerglas.

Die frische Luft kühlt unsere Gemüter nur unwesentlich. Der Käpt'n hält mich fest umschlungen. Sanft und leise plätschert das raue Meer gegen die Schiffswand. Der Mond und die Sterne leuchten auf uns herab und ich zerfließe an der breiten Kapitänsbrust. Er nimmt mein Gesicht in seine Hände, schaut mich lange und zärtlich an, und dann nähert sich sein Mund dem meinen.

Bevor ich meine Augen schließe, sehe ich eine mannshohe Welle auf uns zukommen. »Vorsicht!« will ich rufen, aber er verschließt meinen Mund mit seinen Lippen. Die Welle schwappt über uns. Ich spüre die Nässe am ganzen Körper. Der Kuss ist klebrig.

»Aua!«

Der Schrei und das Plumpsen reißen mich aus dem Schlaf. Erschrocken öffne ich die Augen. Mathilde im zu kleinen Bikini liegt neben mir auf den Schiffsplanken. »Dat is abba glitschig hier.« Sie hält zwei leere Cocktailgläser in den Händen und schaut fassungslos zu, wie deren Inhalt bedächtig von meinem Kinn und meinem Oberkörper auf meine Liege tropft. Und von dort aus zu Boden.

Miss Orangenhaut hilft Mathilde kichernd beim Aufstehen. Ich erhebe mich leise fluchend und stakse über die bunte Cocktail-Lache, in der Obststückchen und ein grelles Fähnchen schwimmen.

Natürlich kommt mir auf dem Weg zur Kabine der Käpt'n entgegen. Und natürlich starrt er mich an. Und weist mich dezent darauf hin, dass etwas Gelbes an meiner Wange herunter sabbert. Ananassirup. Batida de Coco. Verschämt versuche ich es mit meinen klebrigen Fingern wegzuwischen und stottere gleichzeitig etwas von Cocktails und der unglückseligen Mathilde, die damit gestolpert ist. Mit der anderen Hand klaube ich noch hastig eine Zitronenscheibe von meinem Badeanzug. Der Käpt'n schüttelt irritiert den Kopf und setzt eilig seinen Weg fort.

Ich glaube, heute Abend werde ich in der Kabine bleiben und ein Kreuzworträtsel lösen.

Autowäsche

An öden Samstag Vormittagen sollte man zur eigenen Erheiterung sein Auto waschen lassen. Am liebsten in einer dieser modernen Waschhallen, in denen das Auto auf der Stelle stehen bleibt und bei denen man zuschauen kann, wie sich gewaltige Bürsten unermüdlich über das angestaubte Blech schieben.

Damit sich niemand vordrängelt, parke ich mein Auto schon mal direkt in der Waschhalle, die ausnahmsweise frei ist. Als ich mit meinem Chip aus der überfüllten Tankstelle zurückkomme, stehen bereits drei weitere Fahrzeuge da. Tja, Jungs, da war ich wohl etwas schlauer. Ein wenig schadenfroh ob meiner genialen Idee und mit lässigem Schulterzucken in Richtung der Wartenden, gehe ich zunächst zu meinem Wagen, um das zusätzlich erworbene Gutscheinheftchen zu deponieren. Abgeschlossen. Ich öffne meine Handtasche und beginne zu wühlen. Ich wühle tiefer. Ich greife in meine Jackentasche. Erste Schweißperlchen machen sich auf meiner Stirn breit.

»Kann ich helfen?«, ertönt es hinter mir aus dem ersten Fahrzeug.

»Ich – äh – finde meinen Autoschlüssel nicht!«, rufe ich betont freundlich zurück.

»Dann tu doch schon mal den Chip rein, Mädchen. Suchen kannst du auch, während dein Auto gewaschen wird.« Die Stimme klingt etwas ungehalten.

Während sich der erste Schwall Wasser über mein Auto ergießt, kippe ich nervös meine Handtasche aus. Der Mann zu dem die Stimme von vorhin gehört, räuspert sich hinter mir: »Vielleicht liegt er ja neben dem Auto?«

Die Bürsten sind erst vorne auf der Motorhaube, also nutze ich den Moment und laufe zur Fahrerseite, bücke mich und schaue unter den Wagen. Bevor ich fündig werde, kommen die Bürsten auf mich zu. Ich fliehe hinaus. Mittlerweile sind sechs Fahrzeuge in der Warteschlange, deren Besitzer mir amüsiert zuschauen.

Ein Taxifahrer steigt aus. »Ich suche auf der Beifahrerseite!«, ruft er eifrig und hilfsbereit, als die Bürsten wieder zurückweichen. Ich nicke ihm dankbar zu und gemeinsam laufen wir durch die riesigen Wasserpfützen erneut in die Halle. Es bleiben uns genau 15 Sekunden, bis sich die Bürstenungetüme abermals und diesmal voller Schaum auf uns zu bewegen. Erfolglos rennen wir, von rotierenden Bürsten verfolgt, in letzter Sekunde nach draußen. Die Schaulustigen applaudieren.

Während ich demütig den Inhalt meiner Handtasche wieder einräume, senkt sich das Rolltor und damit auch die Chance, noch einmal in der Halle zu suchen.

Mit reuigem Blick murmle ich, dass der Schlüssel sicher an der Kasse liegen wird, renne hektisch in die Tankstelle und schicke ein Stoßgebet in den Himmel. Vergebens. Der Kassierer schüttelt mitleidig den Kopf, ich wühle in Hanuta- und Marskartons, krame zwischen Kaugummidisplays herum, werfe ein Gestell mit Feuerzeugen zu Boden, krieche unter die Theke und versuche meine Adrenalinstöße auf einem erträglichen Level zu halten.

Demütig schleiche ich zurück zur Waschhalle.

»Und?«, empfängt man mich erwartungsfroh.

Ich schüttle verneinend den Kopf.

Der Taxifahrer flucht, rangiert seinen Wagen aus der Schlange und brettert davon. Die anderen Fahrzeuge rücken nach. Vierzehn Autos zähle ich beschämt. Die meisten Fahrer haben die Türen geöffnet, lümmeln sich auf den Sitzen, rauchen und hören zur Untermalung meiner Misere laute Pop-Musik.

Als sich das Rolltor ächzend in Bewegung setzt und den Blick auf mein getrocknetes Gefährt freigibt, kommt der Chef.

»Sie müssen aber jetzt irgendwie hier raus.« Ja, du Schlauberger.

Mittlerweile reicht die Schlange bis auf die Straße und der Verkehr staut sich bis in die Innenstadt. Das Hupkonzert ist ohrenbetäubend.

»Ich könnte den Ersatzschlüssel holen«, schlage ich unterwürfig vor und wische mir die Schweißtropfen von der Stirn.

Der Chef fährt mich. Danke. Auf der Fahrt fällt mir ein, dass am Autoschlüssel auch der Hausschlüssel hängt. Lieber Gott, ich spende ein Monatsgehalt an das hiesige Kinderheim, wenn jetzt jemand zu Hause ist. Tatsächlich öffnet mir eines meiner Kinder die Türe und der befürchtete Herzinfarkt bleibt aus.

Zwei Polizisten regeln den Verkehr zur Tankstellenzufahrt, jemand hat einen Grill aufgebaut und der Duft von Bratwürstchen umfängt mich. Der Tankwart reicht kühle Getränke. Die Wartenden haben sich verbündet und prosten sich zu und ich habe die Hoffnung, nicht gelyncht zu werden. Während ich unter tosendem Applaus zu meinem Auto gehe, spüre ich etwas in meiner Jackeninnentasche. Ich fühle von außen – Der Schlüsselbund.

Mein Herzschlag setzt aus und ich frage mich, welchen Modedesigner ich wohl für die Erfindung der Treckingjacken – mit diesen tausend Innen- und Außentaschen – zur Verantwortung ziehen kann.

Auf den Spuren der Jugend

Bereits während des Telefonats wird mir warm ums Herz.
Dass sie in diesem Jahr siebzigjähriges Freundinnen-Jubiläum haben, ruft Luise fröhlich in den Hörer. Und da meine Tante Bertha außerdem am Maifeiertag achtzig Jahre alt wird, hat man sich etwas ganz Besonderes ausgedacht:
»Was hältst du von einer Überraschungsreise als Geschenk für Bertha? Du müsstest natürlich mitkommen. Falls mal was ist, unterwegs. Adele meint das auch. Also, wir haben schon alles geplant und vier Hotelzimmer gebucht. Der Zug geht am ersten Mai um neun Uhr achtunddreißig ab Hauptbahnhof und – «
Siebzig Jahre Freundschaft zwischen Luise, Adele und meiner Patentante Bertha.
Wie könnte ich diese Reise ablehnen ...

Noch bevor die Fahrt beginnt, köpft Luise die erste Flasche Sekt und ich bete, dass ich die Damen später heil aus dem Zug herausbekomme. Langsam wird mir klar, weshalb Luise und Adele darauf bestanden haben, dass ich als Reisebegleiterin mitfahre.
Meine Patentante strahlt. Wir heben die Pappbecher und prosten ihr zu. Hoch soll sie leben. Adele und Luise haben einen Lorbeerkranz gebastelt und ihn bereits am Bahnhof über Berthas Dauerwellen gestülpt. Vorne dran baumelt eine goldene Achtzig.
Wir stoßen an und Luise erhebt sich würdevoll.
»Meine liebe Bertha!«, schmettert sie durchs Abteil. »In diesem Jahr feiern wir siebzigjähriges Freundinnenjubiläum und genau heute vor achtzig Jahren wurdest du geboren und – huch – «

Der Zug fährt an und Luise plumpst zurück in ihren Sitz.
Die übrigen Fahrgäste kichern.
Luise erhebt sich erneut.
» – und aus diesem Grunde, liebe Bertha, machen wir mit dir diese Reise, von der du ja noch nicht weißt, wohin sie geht.«
Bertha hat hochrote Bäckchen und schaut erwartungsvoll in die Runde.
Die Mitreisenden schauen auch.
Der Zug ruckelt und Luise fällt samt Sektbecher vornüber auf Adele.
Das Kichern der Mitreisenden verwandelt sich augenblicklich in schallendes Gelächter.
Ich entwirre die beiden und wische mit einem Taschentuch über Adeles Rock.
»Nun sag schon, ich kann es nicht mehr erwarten«, juchzt Bertha aufgeregt.
Glücklicherweise beschließt Luise nun im Sitzen weiterzureden.
»Also«, hebt sie erneut lautstark an, »wir machen die Reise dorthin – wo wir vor genau dreißig Jahren einen gemeinsamen Urlaub verbrachten.«
Die Atmosphäre im Waggon ist zum Bersten angespannt.
Etliche Augenpaare ruhen auf uns.
Bertha hält die Luft an.
»Neuharlingersiel?«, fragt sie zaghaft.
Donnernder Applaus setzt ein und Tante Bertha muss auf diesen freudigen Schrecken hin erstmal zur Toilette. Ich begleite sie und als wir zurückkommen, ist die zweite Flasche Sekt geöffnet. Luise und Adele stimmen »Bruder Jakob« an und der komplette Waggon singt im Kanon.
Kurz vor der Ankunft schmettern wir noch ein gemeinsames: »De-her Mai ist – gekommen – «.
Freundliche Hände helfen uns mitsamt unserem Gepäck und den Spazierstöcken aus dem Zug. Das ist auch gut so.

Denn Luise und Adele schwanken sektselig. Bis das Taxi kommt, lehne ich die beiden an der Bahnhofsmauer an.

»Auf der Mauer, auf der Lauer – «, trällern sie. Tante Bertha kichert.

Im Hotel flüstert Adele dem Herrn an der Rezeption irgendetwas ins Ohr und Luise schmettert: »Aber heut – sind wir fidel – ein Herz und eine Seel' – « Das Foyer füllt sich mit Schaulustigen und ich sehe mich gezwungen, einen Mittagsschlaf anzuordnen.

Doch wir kommen nicht weit.

Die Fahrstuhltüre öffnet sich.

»Überraschung!«, krähen Luise und Adele, und Tante Bertha verliert beinahe das Bewusstsein.

Aus dem Aufzug steigt ein Herr mit schütterem Haar. Die knielange Hose wird von Hosenträgern gehalten. Kniestrümpfe und Sandalen zieren seine Füße.

»Das ist der Josef«, wispert Luise.

Ich habe keine Ahnung, wer Josef ist, aber Bertha schmeißt vor lauter Freude ihren Gehstock hinter sich und fällt ihm stürmisch um den Hals. Josef strauchelt bei dem Angriff. Adele und Luise stützen ihn geistesgegenwärtig und verhindern damit ein größeres Unglück. Tante Bertha strahlt und wischt sich verstohlen ein Tränchen weg. Und Josef wischt auch und schreit: »Bertha, du hast ja eine Fahne!«

»Die haben wir alle«, jauchzt Adele und stimmt sogleich das nächste Lied an: »Wenn die bunten Fahnen wehen – «

Wir kommen bis Strophe drei. Dann wird Josef, der Jugendfreund, herumgereicht und erhält von allen ein schmatzendes Begrüßungsküsschen auf die Wange. Er grient hocherfreut und gehört ab sofort als festes Mitglied zu unserer Reisegruppe. Das ist eine absolute Bereicherung, denn er ist textfest beim kompletten Heinoprogramm, wie er uns sogleich versichert.

Das Wiedersehen wird im gegenüberliegenden Café

gefeiert. Bertha will neben Josef sitzen und der wiederum sonnt sich wie ein Gockel in dem Bewusstsein, auf seine alten Tage noch einmal derart umschwärmt zu werden. Damit er auf dasselbe Level kommt, ordern wir ihm einen doppelten Schnaps.

»Bertha, du siehst gut aus«, strunzt er daraufhin.

Und Bertha wird so rot wie ihre Tomaten im heimischen Garten.

Die Damen bestellen auf meinen Rat hin lediglich Kaffee und Kuchen und wir beschließen, im Anschluss daran einen Spaziergang zu machen.

Auf dem Weg zum Strand singen wir auf Josefs Wunsch »Muss i denn, muss i denn zu-hum Städtele hinaus – «

Bei diesem Lied hat er vor fünfundsechzig Jahren die Bertha heimlich geküsst, wie er uns hinter vorgehaltener Hand verschämt zugeflüstert hat. Ich bringe es nicht übers Herz, ihm diesen Wunsch abzuschlagen. Die Menschen um uns herum bleiben stehen, und wir marschieren tapfer und laut singend durch den Sand.

Vorneweg Luise, Adele und ich, dicht gefolgt von Tante Bertha mit dem Hosenträger-Josef am Arm.

Aha. Also nicht nur siebzig Jahre Frauenfreundschaft, sondern eine ebenfalls langjährige Liebe, die – aus welchen Gründen auch immer – nie hat gelebt sein sollen.

Nun wird mir klar, weshalb Tante Bertha unverheiratet geblieben ist.

Plötzlich wird es still hinter uns.

Die Sonne steht tief und wir hören nur noch das leise Plätschern der Nordsee.

Zaghaft drehe ich mich zu den beiden um und was ich da sehe, lässt mein Herz höher schlagen.

Ich schließe einen Moment die Augen.

Und öffne sie wieder.

Josef und Tante Bertha haben fünfundsechzig Jahre zurückgeschraubt.

Einfach so.

Luise und Adele schnäuzen in ihre Taschentücher. Gerührt stehen wir drei nun da und schauen uns an. Adele bückt sich und zieht mit dem Finger ein Herz in den Sand. Luise hilft ihr beim Aufrichten und berichtet, dass Josef seit drei Jahren verwitwet ist. Irgendwie hat sie ihn vor einigen Monaten ausfindig gemacht, und nach etlichen Telefonaten mit ihm, unterstützt von Adele, beschlossen, ihn in einem letzten Versuch mit meiner Tante Bertha zusammenzubringen.

Beseelt von diesem gelungenen Unterfangen schlendern wir schon mal vor zur Strandbar.

Eine halbe Stunde später trudeln die beiden ein. Hand in Hand. Und mit hochroten Wängelchen. Josef schmeißt eine Runde Sekt. Es würde mich nicht wundern, wenn er Tante Bertha gleich einen Heiratsantrag machte.

Adele und Luise schauen einander vielsagend an und Bertha verkündet stolz, dass Josef sie für den nächsten Tag eingeladen hat.

»In sein Hotelzimmer oder auf neutralen Boden?«, kichert Adele.

Josef grinst daraufhin und zieht verlegen mit den Daumen seine Hosenträger stramm. Dann räuspert er sich.

»Liebe Bertha, heute ist dein runder Geburtstag. Und wir beide haben uns heute nach über sechzig Jahren wiedergesehen. Aus diesen Anlässen möchte ich dir etwas sagen.«

Luise kneift Adele vor lauter Aufregung in den Arm und ich trinke aus Versehen meinen Sekt in einem Zug leer. Bertha hat die Augen aufgerissen und lauscht mit angehaltenem Atem.

Josef hüstelt einen Frosch aus seinem Hals und greift zu seinem Glas. Und dann beginnt er zu singen. Erst ganz leise, ganz zaghaft: »Es gibt – Millionen von Sternen – uns're Stadt – sie hat tausend Laternen – «

Adele und Luise schnäuzen schon wieder in ihre Taschentücher. Als Josef bei » – Aber dich – gibt's nur einmal für mich – « angekommen ist, klingt seine Stimme schon deutlich fester und die anderen Gäste drehen sich, offensichtlich gerührt, zu uns um.

Den Refrain schmettern wir gemeinsam aus voller Brust und der Barkeeper schlägt auf der Theke den Takt dazu.

Bertha und Josef schauen einander tief in die Augen und Luise wispert:

»Was hier geschieht, wäre Rosamunde Pilcher wohl im Traum nicht eingefallen ...«

Ich glaube, Luise hat Recht.

Es scheint Dinge zwischen Himmel und Erde zu geben, die weitaus bezaubernder sind, als man sie sich hätte ausdenken können ...

Kein Maulwurf

Das unflätige Fluchen unseres Nachbarn stört mich beim Schlafen und ärgerlich schiele ich aus meinem Liegestuhl zu ihm hinüber.

»Scheiß Viehzeugs«, brüllt er unwirsch und rammt seinen Spaten in den Rasen. »Maulwurfhügel, wohin man schaut!«, donnert er lautstark. »Kommt nur hervor, ihr Blindgänger!«

Einen Klumpen Erde nach dem anderen schaufelt er wütend und in hohem Bogen hinter sich, aber – hoppla, was ist denn das? Der Nachbar springt entgeistert einen Meter zurück.

Etwas Rotes, Dickes, Langes, schlängelt sich aus der Erde.

Herr Nachbar starrt atemlos auf das, was sich da aus dem feuchten Boden hervorgräbt. Ich starre ebenfalls. Es ist kein Maulwurf. Es sieht eigenartig aus. Mit seiner rötlich schimmernden Haut ähnelt es einem Reptil. Oder einem überdimensionalen fetten Wurm.

Herr Nachbar hat sich schnell wieder gefangen. Geistesgegenwärtig umklammert er seinen Spaten und holt aus.

Das rote Etwas windet sich elegant zur Seite.

Herr Nachbar schlägt mit aller Wucht zu, verfehlt sein Opfer um Haaresbreite und verliert das Gleichgewicht. Lang ausgestreckt liegt er mitsamt seinem Spaten auf dem Rasen und ich unterdrücke ein Lachen. Das rote Ungetüm nähert sich ihm lüstern. Geschieht dir Recht, du Maulwurfhasser. Ein wenig schadenfroh meine ich zu erkennen, wie Angstschweiß auf seine Stirn tritt. Herr Nachbar wischt sich verstört mit dem Hemdärmel über die Stirn, als ein gellender Schrei die Nachmittagsruhe zerreißt.

Frau Nachbarin steht kreischend auf der Terrasse, starrt auf ihren Gatten und auf das Tier, das sich ihm nähert. »Willi!«, brüllt sie hysterisch. »Was ist das? Willi, steh auf und tu das weg!«

Willi sammelt sich augenblicklich, rollt behände zur Seite, springt hoch und ohne den Boden zu berühren, steht er eine Sekunde später neben ihr. »Ein Wurm«, keucht er »Ein Ungetüm. Ein Riesenmonster. Mathilde, bring dich in Sicherheit! Ich rufe die Polizei!« Gespannt richte ich mich in meinem Liegestuhl auf. Riesenmonster? Nun ja. Es ist höchstens so groß wie ein Unterarm. Aber immerhin. Ich staune. Solch ein Tier habe auch ich noch nie gesehen.

Die durch Mathildes Schrei herbei geeilte übrige Nachbarschaft hat sich durch geschickte und waghalsige Sprünge über die Jägerzäune in unserem Garten versammelt, stiert vorwitzig auf das Nachbargrundstück und trampelt rücksichtslos in meinen Blumenbeeten herum. Man staunt nicht schlecht und augenblicklich beginnt eine rege Fachsimpelei.

»Dat issn Monsterfrosch!«, kräht Frau Schmittgen von Hausnummer 3, reckt den Hals und schubst ihren Gatten beiseite, um besser sehen zu können.

Der Rentner von Hausnummer 5 belehrt sie übereifrig: »Nein, Frau Schmittgen, das ist eine Rieseneidechse. Erkennt doch jeder.«

Frau Schmittgen schmollt und der neu zugezogene Herr Meierken im feinen Anzug meldet sich mit erhobenem Zeigefinger zu Wort:

»Nein, meine Herrschaften, das ist keine Eidechse, das ist der Mongolische Todeswurm»

Ein Raunen geht durch die Menge.

Mongolischer Todeswurm!

Ängstlich weicht man einen Schritt zurück.

Herr Meierken streckt seinen Zeigefinger weiterhin beharrlich in die Luft. »Der Mongolische Todeswurm«, doziert er mit wichtigem Gesichtsausdruck, »ist höchst aggressiv und versprüht sein Gift über die Haut. Wenn Menschen mit ihm in Berührung kommen, sterben sie sofort».

»Oooh!«, schallt es furchtsam wie aus einem Munde.
Frau Schmittgen wird augenblicklich ohnmächtig und kippt hintenüber in meine Radieschen. Der Mongolische Todeswurm kriecht derweil lässig durch Willis Dreckhaufen. Todeswurm. Lächerlich. Den gibt es höchstens in der Mongolei. Sagt doch schon der Name.

Herr Meierken beauftragt Herrn Schmittgen, das Tier nicht aus den Augen zu lassen und eilt los, um seinen Fotoapparat zu holen.

Während ich noch überlege, wer von den Herrschaften wohl meine Beete wieder in Ordnung bringen wird, erscheinen Willi und Mathilde mit einem ausgedienten Hamsterkäfig auf der Terrasse.

Die Polizei sei bei einem Großeinsatz, berichtet Willi übereifrig, man solle den Todeswurm einfach einfangen und dem hiesigen Tierheim übergeben.

»Aber erst, wenn Herr Meierken das Foto gemacht hat!«, meldet sich Herr Schmittgen pflichtbewusst zu Wort.

»Natürlich«, nickt Willi artig.

»Abba, der is doch giftig«, ertönt es aufgeregt aus dem Radieschenbeet. Aha! Frau Schmittgens Herzschlag hat wieder eingesetzt. Umständlich wuchtet sie sich hoch und wischt die Dreckkrümel von ihrer Schürze. Die Radieschenblätter liegen plattgewalzt auf dem Mutterboden und meine Geranien lassen traurig die abgeknickten Köpfe hängen. Die Tomatenstauden haben Schieflage und wenn dieses Szenario nicht bald ein Ende hat, werde ich eigenhändig in die Mongolei reisen, sämtliche Todeswurm-Brüder einsammeln und gleichmäßig auf die angrenzenden Gärten verteilen.

Die Nachbarschaft blickt derweil etwas ratlos und verunsichert drein und Herr Meierken erscheint mit seiner Kamera. Er lässt sich vom Rentner aus Haus Nummer 5 über den neuesten Sachverhalt aufklären und übernimmt augenblicklich und energisch das Kommando:

»Frau Mathilde, Sie halten den Käfig! Herr Willi, Sie nehmen die Schaufel und heben das Tier vorsichtig hinein – Aber halt!« Mathilde und Willi zucken zusammen. »Alle Umstehenden treten noch einen Schritt zurück – nur die rechtmäßigen Finder kommen aufs Foto.«

Mutig greift Willi nach der Schaufel. Mathilde hält etwas ängstlich den Käfig mit einem Arm weit ausgestreckt von sich weg. Mit der freien Hand versucht sie noch schnell, ihre Haare zu richten.

Während Frau Schmittgen beleidigt »Das ist gemein! Wir wollen alle aufs Foto!« keift, und Herr Meierken böse »Schschscht – Ruhe!« zischt, werfe ich hinterhältig ein klitzekleines Steinchen über den Zaun. Der Todeswurm zuckt zusammen, windet sich einmal um sich selber und schraubt sich anschließend, unter enttäuschten »Oooooch«-Rufen, in eines der Maulwurflöcher. Buff. Das war's. Betretenes Schweigen setzt ein.

Ich schaue entgeistert auf meine ramponierten Beete und beschließe arglistig, die gesamte Bande morgen zu einem kleinen Umtrunk in meinen Garten einzuladen. Ganz nebenbei werde ich Schaufeln, Harken und Blumenknollen verteilen. Für den unwahrscheinlichen Fall, dass sich dieses komische Etwas noch einmal zeigen sollte, leihe ich mir zur Sicherheit den Dobermann meines Kollegen aus. Der hat schon ganz andere Tiere zerlegt. Außerdem kann er die Nachbarn in Schach halten, damit vernünftig gearbeitet wird. Eine Schubkarre voller Setzlinge werde ich besorgen. Hecken und Bäume müssen dringend geschnitten werden und der Rasen ebenfalls. Herrn Willi könnte ich zum Planieren der Maulwurfhügel rekrutieren und käme insgesamt, auf diese Art und Weise, zu einer recht kostengünstigen Gartenrenovierung. Ich gratuliere mir zu diesem spontanen Einfall und sinke relativ entspannt in meinen Liegestuhl.

Die Nachbarschaft stiert noch immer ängstlich und nichts

Böses ahnend in die Maulwurflöcher. Ich selber bezweifle ja, dass es diesen Mongolischen Todeswurm tatsächlich gibt. Ich tippe eher auf einen getarnten Maulwurf, der Herrn Willi lediglich zeigen wollte, was eine Harke ist.

Karneval in Kölle

Als ich erwache, wird es draußen bereits hell und ich bin sicher, dass hier irgendetwas schief gelaufen ist. Ich schaue mich um und stelle fest, dass ich mich in einem ganz normalen Abteil in einem ganz normalen Zug befinde.

Neben mir röchelt es. Ich starre auf ein Paar grellrote Hühnerfüße, die salopp übereinander geschlagen auf dem gegenüberliegenden Sitz liegen. An den Hühnerfüßen befinden sich Beine mit Federn. Vorsichtig bewege ich meinen Kopf und schiele nach rechts. Der röchelnde Rest, der zu den Hühnerfüßen und den befederten Beinen gehört, entpuppt sich als Huhn. Ein Huhn in Übergröße. Ein Huhn, das nach Bier riecht. Ich muss es aus der Kneipe mitgenommen haben. Ich erinnere mich dunkel, dass das Huhn mich zunächst zum Tanzen aufgefordert hat und anschließend zum Trinken. Letzteres war wohl ein Fehler gewesen.

Um den Hühnerhals baumelt ein beschrifteter Bierdeckel:
Ich heiße Mark Strecker,
und wohne in Köln,
Barbarossaplatz 135.
Wenn Sie mich finden,
bringen Sie mich bitte nach Hause.
Alaaf!

Der Zug rattert und mein Kopf ebenfalls. Ich habe einen faden Biergeschmack im Mund und mir ist schwindlig. Ich will nach Hause. Mir ist schlecht.

Mark, das Huhn, fängt unangenehm laut zu schnarchen an und ich ramme ihm meinen Ellenbogen in die Rippen, woraufhin seine Hühnerbeine zu zucken beginnen.

Er schlägt die Augen auf und gleichzeitig mit dem Kopf gegen das Fenster, weil er seinen gefederten Oberkörper nicht unter Kontrolle hat. Dann räuspert er einen Frosch aus dem Hals und sieht mich fragend an. Seinem glasigen Blick entnehme ich, dass er noch nicht ganz nüchtern ist.

»Wir sind im falschen Zug«, kläre ich ihn auf.

»Scheiße«, flucht das Huhn.

Ja, Scheiße. Und meine Handtasche steht noch in der Kneipe.

Mark erhebt sich umständlich und klopft schwankend sein Hühnerkostüm in Pohöhe ab, um festzustellen, dass seine Geldbörse irgendwo abhanden gekommen ist.

Ich werde leicht nervös. Wir haben nur das, was wir auf dem Leib tragen. Mark trägt sein Federkleid und ich eine Nonnentracht. Wir sind kostümierte Schwarzfahrer. Gesetzesbrecher.

Wir kennen uns erst ein paar Stunden und betrügen bereits gemeinsam die Bahn.

Draußen fliegen Backsteinhäuser mit roten Dächern vorbei und das Ganze sieht irgendwie holländisch aus.

Von weitem sehe ich einen Schaffner kommen.

»Geven tonen het ticket«, ruft er.

Ticket? Mark und ich zucken zusammen und ergreifen geistesgegenwärtig die Flucht.

Die Toilettenkabine ist verdammt eng und das Huhn riecht erbärmlich nach Bier.

»Dreh dich um, ich muss mal«, befehle ich. Mark grinst. Nach dem dritten vergeblichen Versuch schmeiße ich ihn raus.

Als ich gerade fertig bin und mein Nonnenkostüm wieder zurechtzupfe, hämmert Mark an die Klotüre. »Komm raus, hier sind noch mehr von deiner Sorte.«

Er zerrt mich in den nächsten Waggon und ich staune nicht schlecht. Zehn heilige Damen strahlen mich an. Sie kommen aus einem Kloster in Frankreich und bis zur Ankunft in Amsterdam dürfen wir uns zu ihnen setzen. Unbedingt. Und das freundliche Huhn nehmen sie gleich in die Mitte.

Schwester Oberin lächelt und zückt eine Gruppenfahrkarte.
Mark strahlt. »Na? Wie hab ich das gemacht?«
Das frage ich mich auch.
Der Schaffner kommt vorbei und nickt wohlwollend in die Runde.
»Friede sei mit dir«, rufe ich ihm fröhlich zu. Er bedankt sich eifrig, runzelt bei Marks Anblick die Stirn, verzichtet aber bei so viel Heiligkeit darauf, die Gruppenkarte zu kontrollieren.
Mark ist Hahn im Korb und schäkert ausgiebig mit den Nonnen. Sie kichern und scheinen sich in seiner Gesellschaft äußerst wohl zu fühlen. Sie teilen ihre Käsebrote mit uns und den Kaffee aus der Thermoskanne.
Zwanzig Kilometer vor Amsterdam sichert uns die Oberin eine Übernachtung im Kloster zu und vernünftige Kleidung für Mark.

Die Übernachtung ist recht spartanisch und Marks vernünftige Kleidung besteht aus einer Mönchskutte. Die Rückfahrkarten spendiert der Orden und vierundzwanzig Stunden später stehen wir wieder am Kölner Hauptbahnhof. Dem Himmel sei Dank.
Mark lächelt und umarmt mich.
Bevor ich gehen will, drückt er mir etwas in die Hand.
Es ist sein Bierdeckel.

Schreck in der Mittagsstunde

Ein gellender Schrei zerreißt die Mittagsruhe. Mir fällt vor Schreck die Kaffeetasse aus der Hand. Ich erstarre und wage es nicht, mich zu bewegen. Da! Schon wieder. Ein lange anhaltendes Kreischen. Unnatürlich. Unmenschlich.
Dann ist Ruhe. Ich ahne Schlimmes. Wie betäubt schleiche ich zum Küchenfenster. Bevor ich hinausschauen kann, der dritte Schrei. Schrill. Hysterisch. Abartig. Ich halte die Luft an und werfe zaghaft einen Blick aus dem Fenster. Und was ich dort sehe, verschlägt mir endgültig den Atem.
Alles ist schwarz. Und das am helllichten Tag. Schwarz. Kohlrabenschwarz. Die Wiese, die Bäume, die Sträucher. Mein Radieschenbeet, meine Tulpen. Alles schwarz. Und mittendrin steht ein Kind und schreit sich die Kehle heiser.
Erst auf den zweiten Blick erkenne ich Chantal, die Nervensäge von nebenan. Auch sie wird immer schwärzer. Ich schlucke.
Chantal hat die Fäuste geballt, steht stocksteif da und brüllt.
Ihre Augen sind weit aufgerissen.
»Mamaaaaaa! Mamaaaaaa!«
»Ruhe, verdammt nochmal!«, keift Mama von nebenan. »Schantal, hör mit dem Geschratel auf, sonst ist Fernsehen heute Abend gestrichen!«
»Neeiin! Hiiiiilfe!«, kreischt Chantal und schlägt wild um sich
Ich schließe die Augen. Und reiße sie wieder auf.
Immer noch schwarz. Ich schaue genauer hin und falle beinah in Ohnmacht.
Das Schwarze bewegt sich.
Es krabbelt.
Es kriecht durcheinander.
Übereinander.

Untereinander.
Kreuz und quer.
Es arbeitet sich hoch bis zu Chantals Ohren.
Ich schlucke abermals und dann erkenne ich, was es ist.
Borkenkäfer. Wir haben eine Invasion. Alle Borkenkäfer dieser Welt haben sich in unserem Viertel versammelt und scheinen wild entschlossen, unsere Gärten zu erobern. Und Chantal obendrein.

Sie fuchtelt noch immer hysterisch mit den Armen und schlägt sich die Tiere aus dem Gesicht. Mir läuft ein Schauer über den Rücken. Chantal, die soeben den Mund geöffnet hat, um den nächsten Schrei abzusetzen, würgt. Und würgt noch mal. Und »plopp« spuckt sie einen Käfer aus.

Mir wird übel.

Links nebenan fliegt die Terrassentüre auf und der nächste gellende Schrei weckt den letzten noch schlafenden Nachbarn. Chantals Mama hat eine Käferphobie.

Die Tiere vermehren sich unaufhörlich. Die ersten beginnen bereits, die Häuserwände hoch zu krabbeln. Mich schaudert's.

Die schwarze Lawine breitet sich immer weiter aus.

Der Nachbar von rechts erscheint mit Gummistiefeln und einer Schaufel. Er macht sich beherzt daran, eine Schneise zu graben.

»Mathilde!«, brüllt er fassungslos zu seiner Frau herüber. »Ruf die Polizei! Und die Feuerwehr!«

»Ja, Willi!«, brüllt Mathilde eifrig zurück. »Aber rette du das Kind!«

Selbstlos stapft Willi zu Chantal. Die Käfer knirschen und knacken unter seinen schweren Stiefeln. Das Kind ist in Tränen ausgebrochen, und die ersten Insekten fallen der Sturzflut, die sich aus ihrem Gesicht ergießt, durch qualvolles Ertrinken zum Opfer.

Chantals Mama liegt derweil bewusstlos auf der Terrasse. Ihr Lebensgefährte steht etwas unbeholfen herum, schaut ungläubig auf sie und die krabbelnden Tiere herab, und kratzt sich am Kopf.

Ich könnte schwören, dass er niemals mehr eine Flasche Bier anfassen wird.

Die Käfer haben es sich bereits auf Mamas umfangreichem Körper gemütlich gemacht. Umständlich und halbherzig beginnt der Lebensgefährte, sie mit einer Hand wegzuwedeln. So ein Trottel. Ich öffne mein Küchenfenster einen Spalt breit und rufe ihm zu, er solle einen Eimer Wasser holen oder besser gleich den Gartenschlauch. Er glotzt mich verdattert an, scheint einen Moment zu überlegen, nickt dann aber artig und verschwindet im Haus.

Willi ist zwischenzeitlich zu Chantal vorgedrungen und nimmt das heulende Kind auf den Arm. Er kämpft sich tapfer durch die meterhohe Borkenkäferschicht und steuert die heimische Terrasse an. Dort steht bereits Mathilde, um die beiden in Empfang zu nehmen. Sie trägt ebenfalls Gummistiefel und hat vorsorglich die Terrassentüre hinter sich zugezogen. Mit einem Besen kehrt sie rigoros die Käfer von den zweien herunter und zieht Mann und Kind ins Wohnzimmer.

Langsam wird mir mulmig. Die Käferschar hat sich so schlagartig vermehrt, dass bereits alle Hecken bedeckt sind.

Der Lebensgefährte ist inzwischen mit dem Gartenschlauch eingetrudelt, stellt auf vollen Strahl und zielt auf Mama. Diese erwacht augenblicklich aus ihrer Ohmacht, springt auf, setzt erneut einen ihrer berühmten markerschütternden Schreie ab und schüttelt sich angewidert. Ein Teil der Käfer lässt freiwillig von ihr ab. Der Rest wird kurzerhand weggespritzt und Mama flüchtet hysterisch kreischend ins Haus.

Von Weitem höre ich das Martinshorn. Endlich.

Feuerwehr und Polizei bereiten dem Inferno ein jähes Ende. Ein Wasserwerfer rollt an und sintflutartige Wassermassen ertränken das krabbelnde und nach Luft ringende Ungeziefer. Die Feuerwehrleute breiten zusätzlich einen weißen Schaumteppich aus, um auch das letzte Insekt zu vernichten. Eine Hundertschaft der Straßenmeisterei rückt mit Baggern und Kehrmaschinen an und schaufelt die Borkenkäfer-Leichen in riesige Container. Langsam sehe ich wieder Grün. Nach drei Stunden ist der Spuk vorbei. Der letzte Käfer ist entsorgt und Chantal wird wohlbehalten vom beherzten Nachbarn, pünktlich zu Beginn von *Gute Zeiten – Schlechte Zeiten*, ans heimische Elternhaus übergeben.

Ein leises Piepen lässt mich aufhorchen.

Es wird lauter.

Langsam komme ich zu mir.

Mein Wecker meldet, dass es Zeit zum Aufstehen ist.

Draußen wird es bereits hell. Auf unserer Fensterbank sehe ich etwas krabbeln. Ganz winzig ist es. Und schwarz.

Es ist das Käferchen, welches ich gestern Abend vorsichtig nach draußen befördert habe.

Es wird ihm in der Nacht zu kalt gewesen sein.

Schwein gehabt

Meine Stirn ist feucht und meine Hände sind es auch. Menschen laufen aufgeregt herum und schubsen mich zur Seite. Ein dritter Polizeiwagen kommt mit Blaulicht auf den Hof gefahren. Ein Mannschaftswagen. Beinahe eine Hundertschaft springt geschäftig heraus und nimmt sofort die Verfolgung auf. Meine Adrenalinausschüttung ist grenzwertig.

Ich wollte doch nur schauen, was in dem Laster ist. Ich habe nichts angefasst. Die Türe ist quasi von alleine aufgegangen. Ich schwöre. Wenn überhaupt irgendjemand Schuld hat, dann ist es mein Navi. Erst hat es mich verkehrt geleitet und irgendwann einfach nichts mehr gesagt. Dann musste ich zur Toilette und da war diese riesige Einfahrt mit diesem noch riesigeren Gebäude. Ein Laster fuhr hinein. Ich fuhr hoffnungsvoll hinterher.

»Mädchen, was willst du denn hier?« Der wohlbeleibte Fahrer kletterte ungelenk aus dem Führerhaus und wedelte wichtigtuerisch mit irgendwelchen Papieren.

»Kann ich mal zur Toilette?«

Er grinste breit, deutete auf eine Stahltür und schob sich mitsamt einer Schweißwolke an mir vorbei in einen riesigen Eingang.

Und dann hörte ich ein leises Quieken. Es kam aus dem Laster. Ich ging näher heran und sah Schlitze an der Seite, durch die sich kleine rosa Schweinenäschen schoben. Ein Schweinetransporter.

Ferkelchen.
Spanferkel.
Schlachthof.
Ich schluckte.
Diese armen unschuldigen Tierchen.

Das ist gemein.

Und dann ging ich, wie durch eine fremde Kraft gesteuert, hinter den Laster und sah den silberfarbenen Riegel – und auf einmal war er auf. Anschließend musste ich dringend die Toilette aufsuchen.

Mit weichen Knien und angehaltenem Atem beobachte ich das Treiben. Hunderte kleine Ferkelchen rennen hektisch mit ihren kurzen Beinchen über den Hof und durch die Einfahrt auf die Landstraße. Die Polizisten stürzen hinterher.

Die Ferkel schlagen Haken und quieken dabei herzerweichend.

Autofahrer hupen.

Bremsen quietschen.

»Schließt doch endlich das Tor, ihr Idioten«, brüllt ein Mann mit blutverschmiertem weißen Kittel.

Ein Auto kommt auf mich zu.

»Aus dem Weg!«, brüllt jemand.

Erschrocken springe ich zur Seite.

Zu spät.

Der Wagen muss ausweichen und schleudert.

Und bremst.

Und rutscht gegen gestapelte Fässer.

Lieber Gott, lass sie leer sein.

Als das erste Fass zu Boden knallt, weiß ich, dass der liebe Gott mein Gebet nicht erhört hat.

»Scheiße!«, schreit der Fahrer. Er springt aus dem Auto. Eines der Ferkelchen kommt verängstigt angewetzt und schlittert vor meinen Füßen durch die glibberige Masse, die sich bedächtig auf dem Boden ausbreitet. Es fällt, wälzt sich kurz, steht auf, schüttelt sich und rutscht verunsichert weiter. Und fällt wieder hin. Armes Ferkelchen. Das hab ich nicht gewollt.

Vorsichtig schaue ich mich um. Die Männer rennen immer

noch schreiend und aufgeregt hinter den entflohenen Schweinchen her. Manche fangen eins ein und bringen das aufgescheuchte, vor Angst zitternde Tierchen in das gewaltige Gebäude. Es bricht mir das Herz.

Ich gehe in die Hocke.

»Wutz wutz«, rufe ich leise. »Komm her, ich tu dir nichts.« Das Ferkel scheint taub zu sein. Es rutscht weiter und steckt seinen Rüssel in die Glibbermasse. Sie riecht und sieht aus wie verquirlte Innereien mit Schweinepipi. Ich würge.

Hätte ich mir bloß kein Navi gekauft. Wäre ich heute bloß nicht losgefahren.

In meiner Handtasche finde ich einen Müsliriegel.

Das Ferkelchen kommt langsam auf mich zu, schnuppert und schaut mich erwartungsvoll an. Ich schaue zurück. Und diese Blicke beschließen unsere wundersame Freundschaft. Mir wird warm ums Herz. Oh, du süßes kleines Schweinchen, ich werde dich retten.

Ich strecke meine Hand mit dem Müsliriegel aus und es kommt näher.

Ich will es greifen und – flutsch! –

»Was tun Sie denn hier?«, dröhnt eine laute ungehaltene Männerstimme hinter mir. Ich zucke zusammen. Ferkelchen auch. Es ist der stinkende Fahrer.

»Ich helfe, die Tiere einzufangen!«, herrsche ich ihn beherzt an. »Los! Steh'n Sie nicht rum. Es gibt genug zu tun!«

So schnell es seine Behäbigkeit zulässt, bewegt er sich in Richtung Gebäude.

»So, die Luft ist rein«, flüstere ich. »Aber man kann dich ja gar nicht anfassen, du bist so glitschig.« Bittend schaut Ferkelchen mich an und ich schaue mich suchend um.

Eine Decke wäre gut. Natürlich gibt es auf Schlachthöfen keine Decken. Meine Jacke? Nein, Ferkelchen, bei aller Liebe. Dieser Gestank. Und die verquirlten Innereien.

Ferkelchen steht vor mir und schaut mir in die Augen. Und ich ziehe meine Jacke aus, halte die Luft an und versuche den Brechreiz zu unterdrücken.

Drei Schlachter, die plötzlich neben mir stehen, scheuche ich mit einem hektischen »Schnell, da hinten versteckt sich eins unter dem Wagen!« zu dem Tiertransporter, und renne mit dem Knäuel unter meiner Jacke zu meinem Auto.

Ein Polizist bewacht das geschlossene Tor. Au Backe! Ferkelchen, duck dich und sei leise, wir müssen da irgendwie durch.

»Schnell, lassen Sie mich raus«, rufe ich betont wichtig. »Der Chef hat gesagt, ich soll die Straße absuchen.«

Der Polizist nickt und scheint sich zu freuen, dass ich die Anweisung des Chefs so übereifrig befolge. Das Tor öffnet sich. Ich gebe Gas und fahre um mein Leben.

Ferkelchen, ich glaube, da haben wir beide außerordentlich Schwein gehabt!

Vor allem du.

Über den Wolken

Bereits während der Kapitän das baldige Erreichen der achttausend Meter Flughöhe androht, beginne ich zum ersten Mal in meinem Leben ernsthaft über meine Bestattung nachzudenken. Ob Tante Elisabeth wohl an meinem Grab weinen wird? Und welche Musik werden sie in der Leichenhalle spielen? Kann man sich im Vorfeld etwas wünschen? Ich möchte, dass *Feel* von Robbie Williams gespielt wird. Oder *Waltzing Mathilda* von Rod Stewart.
Das hier werde ich mit an Sicherheit grenzender Wahrscheinlichkeit nicht überleben. So oder so. Entweder wir stürzen ab oder ich erliege einem Infarkt.
Ich schaue vorsichtig auf meine Armbanduhr. Noch exakt neunzig Minuten Flugzeit. Was will ich eigentlich auf Mallorca?
Dieses blöde mulmige Gefühl in meinem Magen könnte nun langsam nachlassen.
Nervös blicke ich auf die Stewardess, die souverän den Getränkewagen durch den schmalen Gang steuert.
Sie lächelt mir aufmunternd zu.
»Ein Bier, bitte«, flüstere ich und meine Fingernägel graben sich tief in die Armlehnen.
Eine Freundin hat gesagt, bei Flugangst würde ein Bier den Magen und die Nerven beruhigen.
Mein Sitznachbar wirft mir einen verächtlichen Blick zu. Ok, es ist erst vier Uhr morgens. Beschämt ziehe ich die Schultern hoch und nehme den ersten Schluck. Er murmelt etwas von einem Alkoholproblem, ich spüre, dass ich erröte und nehme tapfer den zweiten Schluck. Und einen dritten.
Angewidert wendet sich mein Nachbar ab.
»Flugangst«, wispere ich und stelle mit zitternden Händen den Pappbecher ab.

Das scheint ihn milde zu stimmen und er schaut mich mitleidig an. Und dann ergießt sich ein Wortschwall über mich, von seiner Frau, die auch unter diesen Ängsten leidet und von einem Absturz in Madrid und von seinen Kindern, die aus Überzeugung nur mit dem Zug verreisen.
Hilfe!
Hin und wieder nehme ich verzweifelt einen Schluck und versuche vergeblich, nicht zuzuhören.
Als er bei seiner schwerhörigen Schwiegermutter angekommen ist, die man neulich wegen beginnender Demenz ins Altenheim verfrachtet hat, stelle ich mit Entsetzen fest, dass meine Bierdose leer ist. Aber Angst habe ich noch immer. Ich winke der Stewardess und bestelle Nachschub. Am besten gleich zwei Dosen, man weiß ja nicht, wann das Zeug wirkt.
Mit angehaltenem Atem fixiere ich das Zifferblatt meiner Armbanduhr.
Noch sechzig Minuten.
Mein Mund ist trocken.
Hektisch fülle ich meinen Pappbecher.
Noch neunundfünfzig Minuten.
Ich leere ihn in einem Zug.
Achtundfünfzig Minuten und dreißig Sekunden.
Ich gieße wieder nach.
Mein Nachbar berichtet mittlerweile ausschweifend und mit stolzgeschwellter Brust von seinem jüngsten Enkel, dem Robin-Alexander, der im zarten Alter von vier Jahren irgendeinen Preis bei irgendeinem Wettbewerb der musikalischen Früherziehung gewonnen habe. Und überhaupt sei er hochbegabt. Ja, ein richtiges kleines Genie. Das hätte übrigens das Frollein im Kindergarten bereits am ersten Tag erkannt.
Ich tippe auf das Überspringen von mindestens drei Grundschuljahren und beschließe, meine überhöhte Adrenalinausschüttung mit einem weiteren Schlückchen

einzudämmen.

Das Öffnen der dritten Dose misslingt wegen plötzlich auftretender feinmotorischer Schwierigkeiten. Ich stiere auf den Verschluss und verfalle in leichte Panik.

Der freundliche Nachbar ist sehr aufmerksam und steht mir hilfreich zur Seite.

Ich bekomme Schluckauf.

»Tschulligung.«

»Macht nichts«, beruhigt er mich, füllt galant meinen Pappbecher und erwähnt beiläufig, dass Robin-Alexander, dieses Wunderkind, manchmal auch Vorahnungen hat.

»Er hat sich gestern von mir verabschiedet, als würde er mich niemals wiedersehen – hoppla – « Geistesgegenwärtig fängt er die Bierdose auf, die ich beim hektischen Greifen nach meinem Becher umgeschmissen habe.

Uff!

Der Alkohol ist machtlos gegen das Adrenalin. Mein Herz schlägt unangenehm laut.

Vorahnung.

Niemals wiedersehen.

Flugzeugabsturz.

Die Worte dröhnen in meinem Kopf.

Ich hab's geahnt. Wir werden es nicht überleben. Wieso sind die anderen Passagiere so gelassen?

Und wo ist eigentlich die Stewardess?

Ist sie schon mit dem Fallschirm abgesprungen?

Wusste sie etwas, was wir nicht wissen?

Wieso macht der Käpt'n keine Ansage?

Meine Beine zittern.

Ich muss zur Toilette.

Ich traue mich nicht aufzustehen.

Noch vierzig Minuten.

Ich schwöre, ich werde nie wieder fliegen.

Während des Berichts, dass Robin-Alexander bereits seit zwei Jahren das kleine Einmaleins perfekt beherrscht, greife ich zur Brechtüte. Angst und Alkohol vertragen sich nicht.

Ich will hier raus.

Der Nachbar soll aufhören zu reden.

Ich würge.

»Kann ich etwas für Sie tun?«, unterbricht er seinen Monolog.

Ja, halt die Klappe.

Sollte ich jemals wieder heil herunterkommen, werde ich den Erfinder des Flugzeugs verklagen. Jawohl! Wobei – lebt der überhaupt noch? Wenn nicht, wie mag er um's Leben gekommen sein? Er wird doch wohl nicht etwa bei einem Flugzeugabsturz –?

Mit bebenden Händen suche ich nach einer Öffnung in der Tüte.

Die Stewardess eilt hilfreich herbei. Sie ist also nicht abgesprungen.

Ich habe berechtigten Grund zur Hoffnung.

Meinem Magen ist das offensichtlich egal. Er will das Bier loswerden.

Die Tütenöffnung ist recht klein. Das erkennt auch Herr Nachbar und noch bevor ich ungewollt die Tüte fülle, springt er hektisch auf der Gang.

Die Stewardess legt mir beruhigend ihre Hand auf die Stirn.

Vom Applaus der Mitreisenden werde ich aus meiner Ohnmacht ins Leben zurückgeholt. Mir ist schlecht, doch wir sind offenbar gelandet. Noch bevor es mir gelingt, meine Augen zu öffnen, höre ich, wie mein geschwätziger Nachbar etwas von Schiffen und Zügen faselt. Reizvolle Ideen, die mich sogar ans Ziel bringen könnten. Und immerhin eine Alternative zu meinem ersten Gedanken, für immer auf dieser verfluchten Insel zu bleiben.

Vielleicht sollte ich auch einfach kein Bier mehr trinken.

Amanda

Wie aus dem Nichts stand sie vor mir. Sie sah mich an und es war Liebe auf den ersten Blick. Sie strahlte eine unglaubliche Ruhe aus. Ihre Bewegungen waren gemächlich und ihre Aura hatte mich bereits in der ersten Sekunde in den Bann gezogen. Als ich mich auf den Rasen hockte, streckte sie das Köpfchen weit aus dem Panzer heraus, ich kraulte sie am Hals und damit war eine innige Freundschaft besiegelt. Ich habe sie Amanda genannt. Ich liebe Schildkröten.

Mein Mann tippt sich an die Stirn, als ich meinen Einkaufskorb mit einem Kissen auslege, aber Amanda soll es in der ersten Nacht gemütlich haben.

»Du kannst sie eh nicht behalten, sie wird jemandem aus der Nachbarschaft gehören«, meint mein Gatte achselzuckend und prostet uns mit einem kühlen Bier zu. »Auf dein Wohl, du Ausbüchser! Morgen werde ich mich mal umhören, wem du gehörst.«

Sie soll jemandem aus der Nachbarschaft gehören? Ich streiche über den Panzer und schlechtes Gewissen überfällt mich. Was, wenn Herrchen oder Frauchen sie vermissen? Und sie tatsächlich ausgebüchst ist?

Oder ist Amanda am Ende eine Urlaubswaise? Vernachlässigt? Ausgesetzt? Verstoßen? Ja, das wird es sein. Man wird sie abgeschoben haben. Ihre Besitzer gehören angezeigt. Jawohl!

Am nächsten Morgen ist der Korb leer.

»Amanda ist weg!«, brülle ich panisch.

Meinem Gatten stehen die Worte »mir doch egal« auf der Stirn geschrieben. Aber immerhin verspricht er, nach Dienstschluss unter einigen Möbelstücken nachzuschauen. So lange will ich nicht warten und robbe durch sämtliche

Zimmer. Nach zwei Stunden finde ich das Tierchen schlafend unter dem Schuhschrank.

Überglücklich sende ich meinem Mann eine SMS und trage Amanda in den Garten. Entspannt sinke ich in einen Liegestuhl und beobachte, wie sie genüsslich am Löwenzahn knabbert.

Ein Nachbar schaut neugierig über den Zaun und ich rufe ihm zu, dass das arme Tier wohl ausgesetzt wurde, ich nun die Pflege übernommen habe und dass ich die rechtmäßigen Besitzer gegebenenfalls anzeigen werde.

»Und was, wenn sie nur weggelaufen ist?«, fragt er zweifelnd.

»Wenn hier jemand in der Nachbarschaft eine Schildkröte vermissen würde, hätte er doch längst überall nachgefragt, oder?«, entgegne ich schulterzuckend und er nickt zustimmend. Aber ein Gehege sollten wir ihr bauen, empfiehlt er, da sie artgerecht gehalten werden müsse. Da hat der Mann natürlich Recht. Augenblicklich springe ich auf. »Komm, Amanda, wir fahren in den Baumarkt.«

Diesmal nehme ich einen höheren Weidenkorb, stelle diesen auf die Beifahrerseite und gebe Gas. Leider übersehe ich einen Streifenwagen von rechts, während ich beobachte, ob Amanda einen Kletterversuch unternimmt. Ein grelles Reifenquietschen lässt mich zusammenzucken und ich mache eine Vollbremsung. Der Polizeiwagen kommt ebenfalls zum Stehen und zwei Uniformierte springen heraus.

»Wo haben Sie denn ihre Augen?«, fragte einer der Polizisten, »Um ein Haar wären wir Ihnen reingefahren«.

»Tschuldigung«, murmle ich und deute mit dem Finger auf den Korb. Der Kollege reißt die Beifahrertüre auf.

»Was ist denn das?«, fragt er amüsiert.

»Eine Schildkröte«, antworte ich artig.

»Haben Sie Papiere?«, fragt der Kollege streng und greift nach Amanda.

»Klar!« Ich zücke meinen Führerschein.

»Nein, eine Cites-Bescheinigung für die Kröte.«

»Bitte was? Seid wann braucht man für Haustiere eine Bescheinigung?« Verständnislos starre ich ihn an.

»Schildkröten stehen unter Artenschutz«, klärt er mich auf, und streicht über den Panzer. »Wenn Sie keine Bescheinigung haben, müssen wir das Tier ins Tierheim bringen.«

Oh nein, mein Freund. So nicht! Aufgebracht springe ich aus dem Wagen. Der Polizist weicht einen Schritt zurück.

»Geben Sie sofort meine Schildkröte her, sonst rufe ich die Polizei!«, herrsche ich ihn an. Die Schrecksekunde nutze ich, um ihm Amanda aus den Händen zu reißen, ins Auto zu springen und den Wagen von innen zu verriegeln.

Zwei Gaffer verursachen derweil einen scheppernden Auffahrunfall und somit habe ich freie Fahrt.

Der Verkäufer im Baumarkt scheint sich mit Schildkrötengehegen auszukennen und empfiehlt baumlange Hölzer, die mindestens einen halben Meter in die Erde geschlagen werden müssen, weil diese Tiere sich sonst darunter durchgraben. Und einen Meter über der Erde sollten sie sein, weil die Tiere sonst herausklettern. Aha.

Dieses Risiko will ich natürlich nicht eingehen und greife sofort zu. Nach Hause fahre ich mit geöffnetem Kofferraum. An die dort herausragenden Hölzer binde ich meine rote Jacke und habe das Glück, dem Polizistenpärchen nicht erneut zu begegnen.

Amanda sitzt im Gras und schaut mir aufmerksam zu, wie ich mit dem Spaten die ersten Löcher in die Wiese stemme. Nach dreißig Minuten gebe ich mit schmerzenden Gliedern auf und beschließe, diese ehrenwerte Tätigkeit lieber meinem Gatten zu überlassen, wenn dieser aus dem Büro kommt. Erschöpft sinke ich in meinen Liegestuhl und schlafe augenblicklich ein.

»Wo ist denn Ihre neue Mitbewohnerin?« Mit diesen

Worten weckt mich der Nachbar und ich schrecke hoch. Amanda! Mein Herzschlag erhöht sich augenblicklich und ich schaue mich hektisch um. Keine Schildkröte zu sehen.
»Sie ist weg!«, rufe ich panisch.
Der Nachbar eilt hilfsbereit herbei und wir kriechen gemeinsam über den Rasen. Von Büschen und spitzen Zweigen zerkratzt, erhebe ich mich nach zwei verzweifelten Stunden. Amanda bleibt verschwunden. Der Nachbar bietet sich an, in den umliegenden Gärten zu suchen und ich nicke dankbar. Hätte ich bloß heute Morgen nicht die Polizisten verprellt, dann könnte ich jetzt eine Hundertschaft anfordern.

»Ist sie schon wieder weg?«, fragt mein Gatte entgeistert und lässt sich samt seiner Aktentasche in den Liegestuhl plumpsen. Verdattert starrt er auf meine hölzerne Neuanschaffung. »Was ist denn das? Hast du einen Wald gerodet?«
Ich ignoriere diese Bemerkung und lege eine Spur mit Tomatenstückchen quer durch den Garten. Sicher wird Amanda hungrig sein, die Witterung aufnehmen und zurückkehren. Nachbarin Mathilde betet zum heiligen Antonius und beteiligt sich, mit Salatblättern bewaffnet, eifrig an der Suche.
Mein noch immer im Liegestuhl liegender Gemahl hat die Stirn gerunzelt und knarzt etwas von einem Viech, das seit seinem Eintreffen vor vierundzwanzig Stunden bisher lediglich Stress verursacht hat.
Boshaft unterstelle ich ihm Eifersüchteleien.
Noch bevor ich eine weitere entsprechende Bemerkung loslassen kann, juchzt Mathilde aus dem Radieschenbeet und hält Amanda wie eine Trophäe hoch über ihrem Kopf. Mit stolzgeschwellter Brust reicht sie sie über den Jägerzaun und Herr Nachbar krabbelt alsgleich rückwärts auf allen Vieren unter einem Holunderstrauch hervor. Damit

ist eine auf Lebzeiten gute Nachbarschaft garantiert und ich drücke Amanda dankbar an mein Herz.

»Siehst du nun, wie wichtig ein Gehege ist?«, rufe ich auffordernd meinem Mann zu, der argwöhnisch zu mir herüberschaut und das Einschlagen der Pfähle zunächst verhindern will, indem er meint, dass dies viel zu früh sei, da die Besitzansprüche noch nicht endgültig geklärt seien.

»Aber bis dahin braucht sie trotzdem eine Unterkunft«, antworte ich patzig.

Herr Nachbar bietet sich an, beim Gehegebau behilflich zu sein, und nach meinem Gelöbnis, auf der Stelle einen frischen Kasten Bier zu besorgen, ergibt sich mein Gatte knurrend seinem Schicksal und holt den Vorschlaghammer aus dem Schuppen.

Amanda kommt mit zum Getränkemarkt. Den Schildkrötenkorb setze ich auf den Bierkasten und fahre fröhlich mit dem Einkaufswagen zur Kasse.

Die Kassiererin ist völlig verzückt und fragt, ob sie Amanda einmal aus der Nähe betrachten darf. Klar doch! Ich reiche das Tierchen über's Rollband und es spreizt die Beinchen. Noch während die Kassiererin zugreift, ertönt ein ohrenbetäubendes Geschepper, begleitet von einem gellenden Schrei. Wir zucken zusammen. Amanda plumpst auf den Boden. Während die Kassiererin Anstalten macht, sich nach Amanda zu bücken, klärt uns mein Hintermann auf, dass da so ein Typ den unteren von fünf Wasserkästen herausgezogen habe.

Die Kassiererin springt auf und hechtet zum Tatort. Ich beuge mich über das Rollband. Scheiße! Keine Amanda zu sehen.

»Tschuldigung!?« Hektisch schiebe ich den Wagen des Hintermanns zur Seite und klettere hastig hinter die Kasse. Amanda ist weg! Sicher ist sie völlig verängstigt irgendwo unter das Rollband gekrabbelt und versteckt sich dort.

Ich schaue auf eine Menschentraube die den Unglückstypen anstarrt. Dieser zuckt ein wenig zerknirscht dreinblickend die Schultern und meint lautstark, dass oben halt kein Blubber drin gewesen sei. Zwei Mitarbeiter rücken mit Schaufel und Besen an und die Kassiererin kehrt zurück an ihren Platz.

»Meine Schildkröte sitzt da irgendwo drunter!«, rufe ich ihr aufgeregt zu und deute auf das Rollband.

»Oh«, meint sie erschrocken. »Neulich war da mal ne Maus drin. Dafür musste man alles auseinander bauen. Kam man sonst nicht dran.«

Mit meinem raffiniertesten Augenaufschlag und der mündliche Zusage, zu Lebzeiten nur noch im hiesigen Getränkemarkt einzukaufen, veranlasse ich den Abteilungsleiter, eine Nachbarkasse zu öffnen. Die beiden kehrenden Mitarbeiter werden beauftragt, im Anschluss an die Reinigungsarbeiten den kompletten Unterbau abzumontieren und somit das arme gefangene Tier zu befreien.

Zwei Stunden später komme ich mit einer leicht eingeschüchterten aber glücklichen Amanda nach Hause. Dass ich versehentlich alkoholfreies Bier eingekauft habe, wird mir mein Gatte wohl niemals verzeihen. Ebenso wie die Tatsache, dass sich das In-die-Erde-Rammen der Holzpfähle als äußerst schweißtreibend und schier unmöglich gestaltet.

Hatte ich nicht von Anfang an vermutet, dass man zunächst Löcher vorgraben muss?

Ich setze Amanda auf die Wiese und lasse mich leichtsinnigerweise von meinem Ehemann in eine Diskussion über unnötige Schildkrötengehege verwickeln. Als ich das Gespräch ohne nachzugeben beende, ist unser neues Haustier wieder einmal verschwunden. Mein Gatte macht sich kopfschüttelnd auf den Weg, um das alkoholfreie Bier umzutauschen und die Nachbarn kriechen abermals hilfsbereit mit mir unter Sträucher und Hecken.

Irgendwann klingelt es, und nichts Gutes ahnend gehe

ich zur Haustüre. Meine Freunde und Helfer vom Vormittag stehen vor mir.

Ohne sie zu Wort kommen zu lassen, teile ich ihnen hektisch mit, dass ich keine Zeit habe und diese komische Artenschutz-Bescheinigung beim Umzug verloren gegangen sei.

»Dann sollten Sie sich schnellstens eine neue ausstellen lassen«, sagt einer der Beamten streng und zaubert eine zappelnde Amanda hinter seinem Rücken hervor.

»Wir mussten übrigens eben zum zweiten Mal eine Vollbremsung machen, weil diese Dame hier mitten auf der Straße stand.«

»Oh!«

»Ja, oh!« Der Beamte zwinkert mir zu. »Und Sie kümmern sich um die Bescheinigung?«

Ich hebe die Hand zum Schwur.

Als mein Mann mit dem alkoholhaltigen Bier eintrifft, habe ich bereits zwei Löcher für die Pfähle ausgehoben. Mathilde hat Amanda eine quietschgelbe Schleife mit zehn Metern Band um den Panzer geschnürt und das andere Ende am Liegestuhl festgebunden.

»Nur so lange, bis das Gehege fertig ist«, beteuert sie beim entsetzten Blick meines Gatten. Dieser legt die Stirn in Falten und teilt uns mit, dass er gerade eben einige Anwohner, die zufällig im Pulk auf der Straße standen, nach dem Besitzer einer Schildkröte gefragt habe.

»Und?«, frage ich mit klopfendem Herzen und schaue ängstlich auf Amanda mit der gelben Schleife.

»Frau Schmidt von Hausnummer 86 war die Tierhalterin. Gott hab sie selig.«

Der Vorschlaghammer donnert auf einen der Pfähle.

Mathilde hebt beide Daumen.

Und ich meine zu erkennen, dass Amanda lächelt.

Wenn die Bahn von links kommt

Die Bahn hatte eindeutig Schuld. Jedes Mal ärgerte ich mich darüber, dass die Schranke viel zu früh heruntergegangen war. Das Schild »Motor abstellen« ignorierte ich, um den Anlasser zu schonen. Stattdessen überlegte ich, ob die Bahn wohl von links oder von rechts käme. Dann schoss mir ein Gedanke durch den Kopf: Wenn sie nun von links kommt, werde ich im Lotto gewinnen.

Mit einem Mal ärgerte ich mich nicht mehr, sondern sah gespannt abwechselnd in beide Richtungen. Was ich mir von meinem Lottogewinn wohl alles kaufen könnte? Klar, ein neues Auto. Zum Beispiel eines, vor dem die Bahnschranken Respekt haben und erst dann heruntergehen, wenn ich über die Schienen gefahren bin. Ich könnte alternativ von dem Geld eine U-Bahn bauen lassen oder eine Brücke über die Schienen.

Die Bahn kam. Und sie kam von links. Mein Herz schlug höher. Von links. Also ein Lottogewinn. Juchhu! Wie hoch er wohl ausfallen würde?

Die Schranke ging auf und vor lauter Aufregung würgte ich den Motor ab. Hinter mir begann ein Hupkonzert. Ich startete neu und legte versehentlich den dritten Gang ein. Und wieder abgewürgt. Das Hupen wurde lauter und ich kurbelte die Scheibe herunter und brüllte souverän aus dem Fenster, dass man eine reiche Frau gefälligst nicht anzuhupen hätte.

Meine Hände waren schweißnass und zitterten. Noch drei Minuten bis zur Ziehung der Lottozahlen. Noch zwei. Scheiß Kaffeewerbung! Noch eine Minute.

3 – 8 – 18! Mir stockte der Atem. Das waren meine Zahlen. Also zumindest die ersten drei. Der Rest stimmte nicht mehr, doch ich hatte gewonnen. Ich. Drei Richtige. Weil

die Bahn von links gekommen war. Was für ein Glücksfall.

Wenn die Schranke heute auf dem Weg ins Büro heruntergeht, wird mein Chef die Besprechung absagen. Mal sehen, ob auch das klappt.
Von weitem sehe ich, dass das rote Licht aus ist und nehme enttäuscht den Fuß vom Gas. Menschenskinder, wo bleibt sie denn? Ich habe heute keinen Bock auf die langweilige Besprechung. Bitte, liebe Schranke, geh herunter. Noch zwanzig Meter. Fast stehe ich. Ich nehme den Gang raus und rolle in Zeitlupe. Ein Fahrradfahrer überholt mich und zeigt mir einen Vogel. Ich zeige ihm den Vogel zurück und rolle weiter. Bitte bitte, geh herunter. Noch fünf Meter. Und dann – mein Herzschlag setzt kurzzeitig aus – geht das rote Warnlicht an. Normalerweise husche ich in solchen Fällen noch schnell über die Gleise, aber heute mache ich eine Vollbremsung. Mein Hintermann ebenfalls. Ich lächle ihm im Rückspiegel zu und sehe eine geballte Faust. Egal. Hauptsache, keine Besprechung.
Oder sollte das neulich mit der Bahn von links Zufall gewesen sein? Drei Euro achtzig hat es mir immerhin eingebracht und die Hoffnung, dass sich mein weiteres Leben durch meine Vorhersehungen entscheidend verändern wird. Ich kann vorhersehen. Wieso fahre ich überhaupt noch ins Büro? Mit Weissagungen kann man wesentlich mehr Geld verdienen. Wenn die Bahn heute wieder von links kommt, wird nicht nur die vormittägliche Besprechung ausfallen sondern auch am Nachmittag Deutschland beim WM-Spiel gewinnen.
Die Bahn kommt von links. Damit wird Deutschland eine Runde weiter sein. Ich glaube fest daran.
Mein Chef blickt mürrisch drein, weil noch kein Kaffee gekocht ist und er fragt mich, ob ich wieder wegen der heruntergelassenen Bahnschranke so spät dran sei. Ich

nicke und zucke entschuldigend die Schultern. Wobei es ja eigentlich egal ist, da die Besprechung eh ausfallen wird. Aber das kann er ja noch nicht wissen. Lässig hänge ich meinen Mantel auf, während er geschäftig die Unterlagen sortiert. Das Telefon klingelt und ich halte für einen Moment die Luft an.

»Ich geh schon ran«, murmelt mein Chef. Und plötzlich sitzt er kerzengerade in seinem Sessel. »Oh, das tut mir Leid«, höre ich ihn sagen. Und »Nein nein, das ist jetzt unwichtig.«

Unsere Besprechung. Sie wird tatsächlich ausfallen. Ich weiß es. Ich weiß allerdings noch nicht, ob mir jetzt mulmig werden soll, oder ob ich mich tatsächlich über meine neu entdeckte Gabe freuen soll. Jedenfalls ist mein Chef etwas blass um die Nase, als er mir mitteilt, dass Herr Schulze-Nüsslein heute Morgen einen Unfall hatte. Einen Zusammenstoß mit der Straßenbahn.

»Oh«, entfleucht es mir. »Das habe ich nicht gewollt.«

»Wie bitte?«, fragt er irritiert und verbringt die nächste halbe Stunde damit, zu googlen, wie unsere Gegner fußballtechnisch drauf sind, weil ein Kollege fragte, ob wir einen WM-Tipp abgeben wollten. Klar, wollen wir.

Ich dagegen habe ein leichtes Spiel. Dass Deutschland gewinnen wird, weiß ich ja bereits. Nun muss ich nur schauen, wie hoch.

Er hat seine Google-Aktion beendet, tippt 2:0 für Deutschland und telefoniert mit der Vorzimmerdame von Schulze-Nüsslein. Sofort kommt mir ein zündender Gedanke. Soviele Tage wie der im Krankenhaus bleiben muss, so viele Tore wird Deutschland schießen.

»War nicht so schlimm mit dem Unfall, in vier Tagen kommt der Schulze wieder raus«, schallt es zu mir herüber.

Wunderbar. Vier Tore also für Deutschland.

»Podolski auf Schweinsteiger – Schweinsteiger auf Lahm – Lahm auf – und jaaaa – neeeiiin – was macht der denn? Da geht der gegnerische Mittelstürmer dazwischen – und aaaaach – Lahm lässt sich den Ball abnehmen. Aber da – Podolski – jaaaa – Podolski hat gerettet – wo ist denn die gegnerische Abwehr? Podolski alleine. Von rechts naht Müller – Podolski gibt ab und jaaaaaa jaaaaaa. Der Ball ist drin. Tooooor für Deutschland.«

Die Kollegen jubeln und tanzen durch unseren Besprechungsraum. Mein Chef trötet in seine Wuwusela und hofft auf einen Sieg in der Tipprunde. Ich werfe ihm einen strafenden Blick zu und deute auf meine Ohren. »Wenn Sie das Ding da aus der Hand legen, wird Argentinien keinen Ausgleichstreffer schießen.« Die Kollegen starren mich an. Er starrt auch und grinst.

Ich strecke ihm meine Hand entgegen. WM-beschwipst schlägt er ein und ich freue mich diebisch.

Der Schiedsrichter pfeift ab und man überreicht mir den Tippgewinn.

»4:0 gegen Argentinien. Solch einen Tipp können auch nur Frauen abgeben«, grunzt ein Kollege. »Wie kamen Sie denn auf dieses utopische Ergebnis?«

Ich zucke lässig die Schultern und überlege, ob dies bisher alles Zufall war, oder ob ich tatsächlich hellsehen kann. Falls ja, frage ich mich, ob ich das überhaupt will.

Möchte ich wissen, ob Frau Merkel in drei Jahren ein Verhältnis mit Guido Westerwelle anfängt? Was, wenn die Bahn heute von rechts kommt und deshalb die Vereinigten Arabischen Emirate in vier Jahren den Weltmeistertitel holen? Wäre das meine Schuld? Mein Verdienst? Müsste ich mich verpflichtet fühlen, dies der FIFA im Vorfeld mitzuteilen? Ich meine, man könnte sich doch die ganzen Vorrunden schenken und das viele Geld, das eine WM-Austragung kostet, an ein armes Land spenden.

Es wird Zufall gewesen sein, beruhige ich mein hellseherisches Gewissen, atme tief durch und tippe trotzdem darauf, dass es morgen in der Kantine Rouladen gibt, wenn der Fahrstuhl nachher, ohne einmal anzuhalten, bis ins Erdgeschoss durchfährt.

Die Rouladen werden mit Rotkohl serviert, doch ich habe keinen Appetit. Ich glaube, ich will das nicht mehr.

Ich will nicht wissen, wie Deutschland spielt, will nicht wissen, was es zu essen gibt, und vor allem will ich nicht, dass unschuldige Menschen von der Bahn angefahren werden. Es ist mir unheimlich. Was ich bis gestern noch teilweise witzig fand, beunruhigt mich heute enorm. Den ganzen Tag über bin ich nur noch damit beschäftigt, zu überlegen, was geschehen mag, wenn dies oder das eintritt.

Ich glaube, ich werde eine Therapie machen müssen. Auf der Couch liegen. Tabletten nehmen. Gespräche führen. »Wann haben diese seltsamen Eingebungen begonnen?«, höre ich bereits den Psychologen betont einfühlsam fragen. Er wird mich verständnisvoll anschauen, aufmunternd nicken und mir kein Wort glauben. Er wird mit einem dezenten Handzeichen zwei Wächter herbeiwinken, die mir eine weiße Jacke anziehen und diese mit leichter Gewalt hinten zubinden werden. Die kahlen, mit dickem Schaumstoff beklebten Wände der Einzelzelle meine ich förmlich zu ertasten.

»Was ist los?«, reißt mich die Stimme meines Tischnachbarn jäh aus meinen Albträumen heraus und meine Hand zuckt zurück. »Wieso tippst du mir ständig an die Schulter? Wenn du deine Roulade nicht magst, gib sie her.« Meine Portion landet schneller auf seinem Teller, als ich bis drei zählen kann.

Mit knurrendem Magen verbringe ich den Nachmittag im Büro und beschließe, dem ganzen Spektakel irgendwie ein Ende zu setzen. Es frisst mich auf. Meine Konzentration hat mich verlassen.

»Wenn in der dritten Fassung nun auch wieder ein Fehler ist, suche ich mir eine andere Sekretärin!«, knurrt mein Chef, runzelt die Stirn und legt mir zum wiederholten Mal meinen Text auf den Schreibtisch. Ich zucke zusammen. Er wird doch wohl nicht auch? Habe ich ihn bereits infiziert? Neue Sekretärin? Hilfe!

Wenn der Text diesmal fehlerfrei ist, werde ich niemals mehr – ich schwöre – niemals niemals mehr solche Gedanken haben. Niemals mehr irgendetwas von etwas anderem abhängig machen.

Ich korrigiere und lese – und lese und korrigiere.

Mein Herz schlägt zum Zerbersten.

Ich grabe meine Fingernägel in meinen Oberarm und schicke ein Stoßgebet nach oben und schwöre, dass ich wirklich niemals mehr –

»Schicken Sie das an den Schulze-Nüsslein, und schreiben Sie noch paar Genesungswünsche drauf.« Ein Packen Blätter landet auf meinem Schreibtisch. Habe ich das eben richtig gehört? Abschicken? Also fehlerfrei? Keine neue Sekretärin? Alle Last der Welt fällt von meinen Schultern. Ich habe eben einen Eid geleistet. Ich bin geheilt. Und jubiliere innerlich. Es ist vorbei.

»Ach so, und ihren Text überarbeiten wir morgen noch einmal.«

Die Stimme meines Chefs fährt wie ein Messerstich in meine Gehörgänge und die Welt bricht augenblicklich donnernd zusammen. Völlig niedergeschmettert sinke ich auf meinen Bürostuhl und formuliere in Gedanken bereits meine Abschiedsrede, als er sich noch mal zu Wort meldet.

»Im letzten Absatz gefällt mir eine Formulierung nicht, aber Fehler sind keine mehr drin.«

Wenn die Felsbrocken, die in diesem Moment von meinem Herzen plumpsen, nicht den Fußboden durchschlagen

und eine Etage tiefer landen, bin ich geheilt.
 Ich starre auf den Fußboden.
 Er ist unversehrt ...

Wie in jedem Jahr

Wie in jedem Jahr, steht auch dieses Mal der Geburtstag meiner Schwiegermutter ganz unerwartet und völlig überraschend kurz vor der Tür.

»Lass mich raten«, sagt Astrid und setzt ihre Kaffeetasse ab. »Du hast wie immer keine Idee, was du ihr schenken sollst.«

»Richtig.« Zerknirscht sehe ich sie an. »Aber sag jetzt nicht wieder Wollstrümpfe, Pralinen, Kreuzworträtselhefte.«

Astrid schüttelt den Kopf. »Nein, ich sage es nicht!«

»Danke!«

Wir bestellen uns noch einen Milchkaffee und rühren um die Wette den Zucker hinein.

»Dieses Jahr ist es besonders schwierig«, hebe ich erneut an.

»Ich weiß«, Astrid nickt verständnisvoll. »Weil es diesmal so unverhofft kommt.«

Sie schaut mich prüfend an. Ich schüttle den Kopf.

»Nein, nicht nur deshalb.«

»Sondern?«

»Sie wird achtzig.«

»Oha«, meint Astrid. »Das konnte niemand ahnen.«

Wir halten fest, dass Schwiegermama mittlerweile genügend Wollstrümpfe besitzt, was ich mit leichtem Unterton in der Stimme auf Astrids Einfallslosigkeit zurückführe. Sie ignoriert meine Bemerkung und findet, dass Pralinen noch einfallsloser als einfallslos seien. Ich stimme ihr zu und streiche die Kreuzworträtselhefte gleich mit von der Liste.

»Du solltest ihr diesmal etwas Ausgefallenes schenken«, schlägt Astrid vor, und ich nicke heftig und beteuere, dass ich unendlich stolz auf sie und ihre genialen Vorschläge bin.

»Sie lebt alleine, vielleicht braucht sie jemanden, mit dem sie reden kann.«

»Das ist es!« Astrid haut vor Freude derart heftig auf die Tischplatte, dass die Tassen klirren. Sie winkt dem Kellner und schaut auf ihre Armbanduhr.

»Wir suchen einen Mann für deine Schwiegermama. Jawoll! Wir haben noch exakt sechs Tage, neun Stunden und achtzehn Minuten Zeit.«

Das ist nicht eben viel, und ich denke vorsichtshalber laut über eine Alternative in Form eines Meerschweinchens nach.

»Quatsch!«, meint Astrid streng. »Meerschweinchen sind langweilig, ein Mann muss her. Wir werden das schaffen.«

Sie schleift mich durch die Fußgängerzone und stiert peinlich auffällig auf alle infrage kommenden älteren Herren.

»Schau mal, da hinten, der Peter-Alexander-Verschnitt, wie findest du den?« Aufgeregt zupft Astrid an meinem Ärmel und deutet hektisch auf einen Mann, der gerade in der Schaufensterscheibe kontrolliert, ob sein Hut richtig sitzt.

Noch während ich überlege, ob Peter Alexander meinen Gatten gegebenenfalls adoptieren würde, falls es mit der Verkupplung funktioniert, stürmt Astrid bereits auf ihn zu. Ich weiche vorsichtshalber einen Schritt zurück und wende mich ab. Falls die Begegnung peinlich werden sollte, könnte ich immerhin noch so tun, als würde ich Astrid nicht kennen.

»Bingo!« Astrid strahlt und hüpft nervös wie ein Kind am Tag der Einschulung neben mir her. »Wir haben ein Date.«

Sie hat ihn also ganz geschickt auf seine Ähnlichkeit mit Peter-Alexander angesprochen, ihn damit ins Gespräch verwickelt und blitzschnell herausgefunden, dass er Witwer ist. Nach seinem heutigen Arzttermin will er sich mit uns auf einen Kaffee treffen.

Ich glaube ich träume. Aber nur kurzfristig. Denn während unseres Gesprächs im Café stellt sich heraus, dass er uns – und ganz besonders Astrid – zwar sehr sympathisch findet, nur leider keinerlei Interesse an einer neuen Beziehung hat. Und schon mal gar nicht mit einer achtzigjährigen Frau, die er überhaupt nicht kennt. Und im Übrigen könnte er das seiner verstorbenen Leni nie im Leben antun.

Langsam beginne ich mich für unsere Idee zu schämen, Astrid übernimmt kleinlaut die Auslagen und wir verabschieden Herrn Alexander mit den besten Wünschen für seine Zukunft. »Und vielleicht sieht man sich ja noch mal«, ruft Astrid ihm winkend hinterher.

Schade. So einen hätte ich gerne als Ersatzschwiegerpapa gehabt. Er schien äußerst seriös, sehr unterhaltsam, obendrein gepflegt und was-weiß-ich-nicht-noch-alles. Und wir haben uns blamiert und alles verdorben, indem wir mit der Türe ins Haus gefallen sind.

»So etwas machst du nicht noch einmal«, schimpfe ich, woraufhin Astrid in einem Zeitschriftenladen verschwindet und strahlend mit der aktuellen Tageszeitung wieder herauskommt.

»Hier!« Sie hat bereits im Stehen die riesigen Zeitungsseiten auseinander gefaltet und zeigt auf die Heiratsanzeigen.

»Ok, lies vor«, brumme ich, habe aber keinerlei Hoffnung, dort einen adäquaten Ehekandidaten für Schwiegermama zu finden.

»Mist!«, knöttert Astrid nach einer Weile. »Die sind alle zu jung!« Die Zeitung fliegt im hohen Bogen in den nächsten Abfalleimer. Ihre Bemerkung, der Zeitschriftenverkäufer sei auch nicht mehr der Jüngste gewesen, und ob sie mal nachfragen solle, wie es beziehungsmäßig um ihn bestellt sei, ignoriere ich, und schlage vor, im Internet zu suchen.

Unsere Registrierung in der Online-Ehebörse funktioniert einwandfrei und wir dürfen fünf Tage kostenlos schnuppern. Im hiesigen Umkreis stoßen wir auf sage und schreibe drei Herren, die zwar deutlich jünger aber offensichtlich zumindest willig sind. Den ersten streichen wir gleich wieder, weil er unbedingt auch im hohen Alter regelmäßigen Sex haben will. »Einmal im Jahr beinhaltet aber auch schon eine gewisse Regelmäßigkeit«, kichert Astrid, aber ich tendiere vorsichtshalber dazu, ihn in jedem Falle von der Liste zu streichen.

Der zweite ist militanter Nichtraucher und -trinker, mag keine Tiere und fährt im Winter ausschließlich mit Schneeketten. Seine Zukünftige soll extrem sparsam sein, ihn regelmäßig bekochen, und ihm abends angewärmte Pantoffel bringen. Kommt also ebenfalls nicht in Frage. Wenn einer schon so gestrickt ist, gibt's eh nur Ärger.

Der dritte gibt kaum etwas von sich preis und Astrid mailt ihn daraufhin an. Betreff: Eilt. Er ist fünfundsiebzig Jahre und hat ein verschwommenes Foto drin. Aber er ist online.

Die Zeit läuft. Er ist schon fast unsere letzte Chance und ich trommle nervös mit den Fingern.

»Wir haben doch noch die Socken und die Kreuzworträtsel in der Hinterhand«, tröstet mich Astrid, während wir auf seine Nachricht warten. »Und das Meerschweinchen«, ergänze ich.

Die Antwort ist niederschmetternd, denn Kandidat Nummer drei hatte sich soeben lediglich ein letztes Mal eingeloggt, um im Forum mitzuteilen, dass er ab sofort in festen Händen ist. Und dass er nun versucht, seine Suchanzeige zu löschen.

»Na prima«, murmle ich enttäuscht. »Das war's dann wohl vorerst, in Sachen Männer für Mama.« Herrn Alexander trauere ich noch immer nach, aber diese Gelegenheit haben wir ja gehörig vermasselt. Selbst Astrid schaut mittlerweile zerknittert drein, verspricht aber, alles Menschenmögliche zu unternehmen, da wir ja immerhin noch sechs Tage, vier Stunden und dreizehn Minuten haben. Haha.

Zu Hause suche ich vorsichtshalber im Internet nach potenziellen Meerschweinchenhändlern und werde sogar fündig. Ein Herr mit dem wenig ausgefallenen Namen Müller antwortet umgehend auf meine elektronische Anfrage, behält sich allerdings vor, das Tierchen persönlich vorbeizubringen, um es in guten Händen zu wissen. Ich lasse mir eins reservieren – Farbe und Geschlecht sind egal – und mein Gatte erklärt sich bereit, eine angemessene Behausung zu schreinern. Dem Internet sei Dank. Einigermaßen gelassen verbringe ich die nächsten fünf Tage in denen sich, wie vorhergesehen, männermäßig natürlich absolut nichts ergibt.

»Die Zeit war einfach zu knapp«, jammert Astrid. »Aber wir bleiben am Ball. Deine Schwiegermama kriegt einen neuen Mann. Wenn nicht zum Geburtstag, dann eben später. So wahr ich hier stehe!«

Mein Gatte schüttelt den Kopf über unsere, wie er meint, höchst eigenartige Idee, und begibt sich in den Hobbyraum um dort die ersten Käfigbretter zurechtzusägen.

Um fünfzehn Uhr am Tag des Geschehens ist die Übergabe geplant. Eine Stunde vorher platzen mein Gatte und ich in Schwiegermamas Küche und werden dort bereits mit einer Flasche Sekt von dem Geburtstagskind erwartet. Wir stoßen mehrfach an und sie ist fröhlich und überglücklich, dass sie diese runde Zahl bei bester Gesundheit erreicht hat. Der Meerschweinstall steht im Kofferraum unseres Wagens und ich kann die Anlieferung des neuen Hausbewohners kaum erwarten.

Die Wartezeit überbrücken wir damit, die Flasche Sekt komplett zu leeren und eine weitere zu öffnen. Schwiegermama kichert und freut sich diebisch auf die Party, die am Abend stattfinden soll.

Bereits fünf Minuten vor der geplanten Übergabe klingelt es, ich renne zur Türe und verliere umgehend das Bewusstsein.

Der erste Griff, nach Erwachen aus meiner Ohnmacht, gilt meinem Handy.

»Astrid, glaubst du an Zufälle?«
»Nein, wieso?«
»Das Meerschweinchen ist angekommen.«
»Ja, und?«
»Rate mal, wer es gebracht hat.«
»Keine Ahnung!«
»Los, rate.«
»Der Zeitschriftenhändler?«
»Quatsch, wie sollte der – ?«
»Ok, ok, irgendein Nachbar?«
»Falsch!«
»Der Sexist aus dem Internet?«
»Auch falsch!«
»Frau Merkel persönlich?«
»Noch falscher.«
»Dann sag es mir.«

Ich gehe mit dem Handy in Schwiegermamas Küche um mich noch einmal zu vergewissern, dass es auch wirklich stimmt und dann flüstere ich den Namen ins Telefon.

Der Knall am anderen Ende sagt mir, dass Astrid ebenfalls vorübergehend das Bewusstsein verloren hat.

Zum Glück hat er uns nicht verraten. Wir müssen ihm versprechen, niemals mehr auf offener Straße fremde Männer anzusprechen. Astrid und ich heben zum Schwur die Hände. Dass er die spontane Einladung der beschwipsten Achtzigjährigen zur abendlichen Party angenommen hat, führen wir darauf zurück, dass er das Meerschweinchen noch ein paar Stunden unter Beobachtung haben wollte. Schwiegermama hat es auf meinen Wunsch hin Peter genannt und vom Vorbesitzer bereits die Telefonnummer notiert, für den Fall, dass es mal kränkelt.

Und er hat daraufhin spontan – für mein Empfinden sogar eine Spur zu schnell und zu intensiv – beteuert, dass er gerne, sehr gerne, immer mal wieder vorbei schauen würde, um seinen Schützling zu begutachten.

Es scheint sie also doch zu geben, diese sagenhaften Zufälle.

Einer davon sieht aus wie Peter Alexander und heißt Paul Müller.

Ich liebe Zufälle.

Der Kaffeeautomat

Der Kaffeeautomat aus dem weltbekannten Auktionshaus ist als voll funktionstüchtig und kaum gebraucht angepriesen und passt farblich zu meinen anderen Elektrogeräten. Eine leckere Tasse frisch gebrühten Kaffees auf Knopfdruck. Ganz einfach. Dachte ich.

Leider fehlt bei dem überaus günstig ersteigerten Kaffeespender die Gebrauchsanweisung, die ich aber eigentlich gar nicht benötige, erklärt mir der nette Herr bei der persönlichen Übergabe. Hinten Wasser einfüllen, vorne Pad einlegen und Tasse drunter stellen. Fertig. Für den Fall, dass man Besuch erwartet, gibt es einen großen Padhalter in den man zwei Pads einlegt und demzufolge zwei Tassen darunter stellen kann. Das ist alles.

Ok. Hab ich verstanden.

Freundlicherweise erhalte ich gratis je eine angebrochene Tüte mit Kaffee- und Kakaopads. Prima. Danke. Und als Zugabe noch eine silberfarbene Aufbewahrungsdose mit Pads, von denen ich nicht genau weiß, was sich darin verbirgt.

Kakaopad hört sich gut an und damit werde ich den preiswerten Kaffeeautomaten zu Hause einweihen. Jawohl. Herzlich willkommen in meiner Küche.

Eine rote Lampe blinkt und das Gerät gibt röchelnde Töne von sich.

Wie war das noch gleich mit dem Padhalter?

Ich wähle den kleinen und lege einen der dicken Kakao-Pads ein. Lecker. Die Schokostückchen fühle ich durch den Pad und freue mich diebisch.

Verschlusshebel kräftig runterdrücken und abwarten.

Die rote Lampe blinkt noch immer.

Hilfe.

Verschlusshebel wieder hoch.

Padhalter raus.
Lage kontrollieren und wieder rein.
Irgendwie sieht der Verschluss nicht ganz verschlossen aus, aber das ignoriere ich, weil mir plötzlich einfällt, dass sich das Wasser bestimmt erst einmal erhitzen muss. Natürlich. Ich lache erleichtert, warte eine Minute und das Wunder geschieht.
Rotes Dauerleuchten.
Andächtig und gespannt betätige ich den Kaffeeausgabeknopf.
Das Gerät rattert bedrohlich, und so schnell wie die braune Brühe seitlich herunterspraddelt, kann ich nicht reagieren.
Fassungslos starre ich auf meine überschwemmte Arbeitsplatte, ziehe vorsichtshalber den Netzstecker und werfe den aufgeweichten Kakaopad in den Mülleimer. Ich glaube, ich möchte doch lieber Kaffee.
Ich greife zum Padhalter und kontrolliere dreimal den darin liegenden Pad und den Verschlusshebel.
Dass das Gerät trotzdem keinen Kaffee herausgibt, liegt jetzt wohl an der fehlenden Stromzufuhr.
»Natürlich«, rufe ich fröhlich und erleichtert meinem Kaffeeautomaten zu und stöpsle den Stecker wieder ein.
Das Röchelgeräusch ist mir schon bekannt und lässig drücke ich auf den Knopf. Dank des Auffangsiebes bleibt meine Arbeitsplatte diesmal verschont. Wie hatte der Vorbesitzer gesagt? »Erst eine Tasse drunter stellen und dann erst auf den Knopf drücken.« Die Aufregung um das neue Gerät lässt mich offensichtlich etwas fahrig handeln. Na, das kann ja mal vorkommen. Es gibt keinen Grund zur Nervosität. Ich zwinge mich zur Ruhe.
Tasse drunter stellen.
Knopf drücken.
Ausatmen.
Augen schließen.

Augen öffnen.
Hilfe!
Ok, es ist sicher normal, dass man mal vergisst, einen Pad einzulegen.
In die Tasse mit heißem Wasser hänge ich einen Beutel Kamillentee. Den kann mein Gatte trinken, wenn er nach Hause kommt.
Um das überschüssige Adrenalin abzubauen, meditiere ich einen Moment und starte anschließend einen erneuten Versuch.
Diesmal scheinen die Vorbereitungen perfekt zu sein, und ich schaue freudig zu, wie sich das aromatische Getränk in die darunter gestellte Tasse einfüllt.
Ich nehme am Küchentisch Platz, lehne mich genüsslich zurück und begutachte die hellbraunen Schaumkrönchen. Nach vier Minuten geduldiger Warte- und Abkühlzeit nehme ich ehrfürchtig den ersten Schluck. Tränen der Enttäuschung rinnen über meine Wangen. Solch ein fades Getränk hätte auch meine vorsintflutliche Kaffeemaschine zustande gebracht. Von der Technik besiegt, schleiche ich zu meiner neuesten Errungenschaft, die mich bis tief ins Mark enttäuscht hat. Wortlos und strafend schaue ich sie an, und stelle kleinlaut fest, dass ich wohl versehentlich auf »zwei Tassen« gedrückt hatte. Doppelte Menge Wasser also.
Verzweifelt krame ich in der Überraschungs-Paddose, greife irgendetwas heraus, bereite erneut alles fachgerecht vor, betätige den Knopf, lausche abermals angespannt dem blubbernden Einfüllgeräusch, um festzustellen, dass ich bis zu diesem Zeitpunkt nicht wusste, dass es die Pads auch als roten Früchtetee gibt. Der ist sicher lecker, aber ich möchte jetzt – verdammt noch mal – sofort einen Kaffee trinken. Kaffee. Nur eine simple Tasse Kaffee.
Ich schicke ein Stoßgebet in den Himmel, riskiere keinen Früchteteebeigeschmack und greife mit zitternden Fingern

nach einer frischen Tasse.

Das Aufklappen und Padeinlegen ist mittlerweile zum absoluten Routinevorgang geworden. Mit klopfendem Herzen drücke ich auf Ausgabe.

Stille.

Die Kontrollleuchte blinkt hektisch.

Ich halte die Luft an.

Ich warte.

Ich drücke erneut den Ausgabeknopf.

Ich bete.

Ich atme tief ein und wieder aus.

Mit geballten Fäusten stehe ich vor der Maschine und starre auf eine Tasse, die unerbittlich leer bleibt.

Ich stampfe mit dem Fuß auf.

Die rote Kontrollleuchte blinkt um ihr Leben.

Meine Faust donnert auf die Arbeitsplatte!

Die Porzellantasse fliegt krachend zu Boden.

Ich trete in die Scherben. Ich blute.

Die Kontrollleuchte blinkt hämisch.

»Die doppelte Geschwindigkeit des Blinkens signalisiert, dass der Wassertank leer ist«, erklärt mir der Therapeut in der Nervenklinik. Wenn ich nächste Woche entlassen werde, soll ich zunächst mit einer Tasse löslichem Kaffee pro Tag versuchen, in den Alltag zurückzukehren.

Der Sportbootführerschein

Ich finde, dass Frauen gewisse Teile der Sportbootführerscheinprüfung erlassen werden sollten. Zum Wohle des Prüfers.

Wobei ein mündlicher Test noch die harmlosere Prüfungssequenz darstellt, bringt sie ihn unter Umständen doch sogar zum Schmunzeln.

Stellt er die für Frauen überaus wichtige Frage, weshalb eine Bordbatterie in einem Kajütboot vorhanden sein sollte, erhält er todsicher die Antwort:

»*Na, ich brauche doch Strom, damit ich meinen Fön in die Steckdose einstecken kann*«, oder »*um nachts mein Handy aufzuladen.*«

Was tun Sie, wenn der Motor nicht anspringt?

»*Ich rufe den Mann meiner Freundin an, der ist Automechaniker.*«

Welche Lichter sind nachts an einem Kleinfahrzeug vorgeschrieben?

»*Herr Prüfer, ich werde nur am Tag fahren. Großes Ehrenwort.*«

Dass ein Palstek zur Befestigung eines Bootes im Hafen dient und nicht mit einem Rindersteak zu verwechseln ist, wusste ich auf Anhieb. Ob es dafür Extra-Punkte gab?

Die richtigen Antworten zu den Fragen bezüglich der Achtsamkeit in Naturschutzgebieten und der Daseinsberechtigung von roter und grüner Betonnung sind auf durchnummerierten Fragebögen auswähl- und ankreuzbar, was die Sache ungemein erleichtert. Dasselbe gilt für Geschwindigkeitsbegrenzungen, Überholmanöver sowie Schall- und optische Signale, für Ausweichpflicht und Sicherheitsausrüstung. Das nötige Glück ist mir hold. Ich liebe Multiple Choise.

Auch die Schiffer-Knoten zaubere ich flink daher. Im

Gegensatz zu meinem Mitprüfling Veronika. Sie schielt zu mir herüber, schaut meine Technik ab und wird dabei vom Prüfer erwischt, was zur Folge hat, dass dieser alle Knoten auseinander friemelt und Veronika verdonnert, unter seiner Aufsicht alles noch einmal selbständig neu zu knüpfen. Dass es Rache war, will ich jetzt mal nicht unterstellen, aber am Ende der Aktion ist der Prüfer mehrfach an die Reling gefesselt.

Veronika darf die Knotenprüfung in sechs Wochen wiederholen – meine dagegen gilt als bestanden. Ich wische mir den Schweiß von der Stirn, atme erleichtert auf und steige zur abschließenden Prüfungsfahrt in das mit 200 PS bestückte sieben Meter lange Schulboot.

»Ablegen!«, befiehlt der Prüfer.

»Jawoll, Chef!«

»Kommando wiederholen!«

»Bitte?«

»Kommando wiederholen!«

»Kommando?«

»Jawohl! Das Kommando!«

»Ach so, ja, natürlich – ähm – sorry, wie lautete es noch gleich?«

Wir einigen uns darauf, dass dieses erste Vergehen nicht zählt und die Prüfung erst ab dem nächsten Manöver beginnt. Das finde ich sehr rücksichtsvoll und die folgende Aufgabe auch händelbar, da die Anweisung lautet: »Einfach geradeaus fahren.«

»Einfach gerade ausfahren«, wiederhole ich artig und fahre einfach geradeaus.

Heikel wird es dagegen bei dem Manöver *Mann über Bord*.

Ich steuere gerade extrem lässig – mit Kurs auf eine lächerliche Boje – an zwei anmutigen kleinen Segelbooten vorbei, als der Prüfer unvermittelt den Rettungsring als fiktiven Ertrinkenden ins Wasser schmeißt und gleich-

zeitig schreit: »Mann über Bord an Steuerbord!«
Ich zucke zusammen.
Steuerbord. Steuerbord – oh Gott, wo war das noch gleich?
Ich muss auskuppeln.
Und das Kommando wiederholen.
Und das Steuer einschlagen.
In welche Richtung?
Jetzt bloß keinen Fehler machen.
»Mann über Mann – «
Hektisch drehe ich das Steuer nach links. Oder war Steuerbord rechts?
Hilfe! Ich habe eine Rechts-Links-Schwäche.
Ich gebe Gas.
Reiße das Steuer wieder herum.
Das Boot schwankt bedenklich.
Der Prüfer wird bleich.
»Kurs auf Steuerbord!«, brülle ich und gebe noch mehr Gas.
Der Prüfer klammert sich an die Reling.
Wo zum Teufel ist dieser verdammte Rettungsring, der den Überbordgefallenen simuliert?
Ich schaue hinter mich.
Ich schaue wieder nach vorne.
Eines der Segelboote ist verdächtig nahe.
»Ausweichen, du Idiot«, schreie ich panisch und reiße abermals das Steuer herum.
Unser Boot droht zu kippen.
Der Prüfer erbricht sein Frühstück.
»Maschine stoppen«, keucht er mit letzter Kraft.
»Maschine stoppen«, wiederhole ich das Kommando und gebe versehentlich noch mehr Gas. Mein Wellenschlag bringt das Segelboot zum Kentern. Ich sehe Menschen mit orangefarbenen Schwimmwesten auf den Wellen schaukeln und schalte ruckartig von Vollgas in den Rückwärtsgang.

Der Motor heult auf.
Der Prüfer auch.
Geistesgegenwärtig kupple ich aus.
Leerlauf.
Das Boot steht.
Zwei einsame Enten wiegen sich verträumt vor meinem Bug, auf einer wonnig wogenden Welle. Sie schauen gelassen zu ihren orangefarbenen Artgenossen herüber.

Und ich frage mich derweil, ob die emanzipierte Frau von heute zwingend im Besitz eines Sportbootführerscheins sein muss.

Der Weihnachtsbaum

Noch zwei Tage bis Heiligabend. Damit keine Hektik aufkommt, habe ich bereits heute einen Weihnachtsbaum gekauft. Das Zwischenlagern im Garten habe ich ihm und mir erspart und ihn sofort ins Wohnzimmer gewuchtet.
Wunderschön gerade und dicht gewachsen ist er. »Ein Traum«, hatte der Tannenbaumverkäufer geschäftstüchtig geflötet.
Nun liegt der Traum quer auf dem Berber. Die ersten Nadeln auch. Zwei Äste sind beim Transport abgeknickt, aber wenn ich ihn geschickt platziere, fällt das nicht auf. Viel mehr Sorge macht mir die Tatsache, dass der Stamm außergewöhnlich dick ist. Mit einem Zollstock messe ich fachmännisch den Durchmesser und vergleiche ihn mit der Öffnung des Christbaumständers. Es sind nur Millimeter, die schabe ich großzügig mit dem Küchenmesser ab. Das Einsetzen ist ein Kinderspiel. Ich unterlege rechts zwei Frühstücksbrettchen und anschließend steht er kerzengerade. Meine beiden Katzen schauen argwöhnisch zu.
Ich beschließe, eine Weihnachts-CD einzulegen.
»Oh Tannenbaum«, säuselt ein blonder Barde alsbald mit sonorer Stimme aus der Lautsprecherbox. In vorweihnachtlicher Freude hüpfe ich die Stufen zum Speicher hinauf und hole den Christbaumschmuck.
Der blonde Barde ist mittlerweile bei »Leise rieselt der Schnee« angekommen und ich überlege, ob ich ihn gegen eine CD der Regensburger Domspatzen austausche. Aber zuerst muss ich zwei Lichterketten entwirren. Und eine Katze aus dem Karton mit den Kugeln scheuchen. Nach zwanzig Minuten zittere ich innerlich und äußerlich, so dass ich den Lichterkettenwust auf die Erde knalle und den Ton abschalte.
Die Regensburger Domspatzen sind unauffindbar. Ich

trenne also ohne aufmunternde Weihnachtsmusik die beiden Ketten voneinander und drapiere eine von ihnen geschickt von der Baumspitze an nach unten. Als ich fertig bin, ist der Stecker vorne. Egal, ich drehe einfach den Baum.

Nun sind die abgeknickten Äste wieder zu sehen. Ich nehme einen tiefen Atemzug, bandagiere sie mit Blumendraht und hänge zur Probe je eine Kugel daran. Meine Katzen lauern darauf, dass sie herunterfallen.

Ich drehe wieder die Musik auf und der Barde singt gerade »Vom Himmel hoch«. Ich singe laut mit, um ihn zu übertönen. Fröhlich hänge ich eine Kugel nach der anderen in den Baum.

Stolz betrachte ich mein Werk. Meine Katzen beäugen die Kugeln und setzen zum Sprung an.

»Nein!«, schreie ich. Eine Katze verheddert sich im Lichterkabel. Der Baum kippt nach vorne. Beherzt greife ich zu und reiße ihn wieder hoch. Der Stamm rutscht aus dem Ständer. Eine der Halterungsschrauben ist abgebrochen. Die Nadeln pieksen erbarmungslos.

»Frö-hö-liche Weihnacht überall«, singt der blonde Barde gemeinsam mit einem Kinderchor.

Der Baum hält nicht mehr in dem Ständer. Mit einer Hand halte ich ihn fest.

Meine Katzen stürzen sich auf die heruntergefallenen Kugeln und toben durchs Wohnzimmer.

Das Telefon klingelt.

Ich komme nicht an den Hörer.

Ich habe eine Vision von einer Familie, bei der ein treusorgender Ehemann den Baum einsetzt und die Lichterkette anbringt. Fröhliche Kinder mit leuchtend roten Wangen hängen die Kugeln auf. Die glückliche Mutter betritt strahlend mit selbstgebackenen Plätzchen den Raum.

»Am Weihnachtsba-haum, die Lichter brennen«, frohlockt der Barde. Ich versuche meine aufsteigende Wut wegzuatmen.

Endlich höre ich das erlösende Geräusch der Haustüre. Mein Gatte betritt das Wohnzimmer.

»Was machst du da?« Er schaut mich entgeistert an.

»Nach was sieht es denn aus?«, frage ich bissig.

Er runzelt die Stirn.

»Halt mal!«, befehle ich, übergebe den Baum und verlasse das Zimmer.

»Wo willst du hin?«, ruft er panisch hinter mir her.

»Zum Baumarkt. Wir brauchen einen neuen Christbaumständer«, flöte ich.

Aber vorher werde ich zum Friseur gehen.

Der achtzigste Geburtstag

Tante Käthe hatte schon immer recht ausgefallene Ideen. Aber diesmal sprengt es den Rahmen. Mit allem Möglichen hatte ich gerechnet, aber nicht mit solch einem Wunsch. Mir bleibt die Spucke weg und ich schnappe nach Luft.

Tante Käthe möchte als Clown in einer Manege stehen. Einmal in ihrem Leben. In einem richtigen Zirkus. Mit Kostüm. Und dem ganzen Tamtam drum herum.

Vor Schreck kippe ich auf ihre Chaiselongue, gebe mir alle Mühe, meinen Puls unter Kontrolle zu halten und murmle mit letzter Kraft, dass ich es versuchen werde.

Woraufhin Tante Käthe strahlt.

Meine Recherche im Internet ergibt, dass der Zirkus bereits in einer Woche seine Zelte in unserer Stadt aufschlägt. Aha. Das muss Tante Käthe gewusst haben. Denn genau in dieser Woche ist ihr achtzigster Geburtstag.

Die Zeit läuft.

Haben Sie schon einmal versucht, im Dezember ein Clownkostüm zu kaufen? Außerhalb der Karnevalszeit? Nein? Dann versuchen Sie es auch gar nicht erst. Es gibt nämlich keine.

Ein kleiner Hoffnungsschimmer, den Tante Käthe allerdings gleich im Keim erstickt. Man könnte doch eins anfertigen lassen. Natürlich, Tante Käthe, das könnte man.

»Kindchen, wir fahren morgen Nachmittag zur Schneiderin«, schnarrt es durch den Telefonhörer und ich weiß, dass es zwecklos ist, zu diskutieren.

Ich ahne Fürchterliches. Wer hat schon kurz vor Weihnachten Zeit und Lust ein Clownkostüm zu schneidern?

Die Schneiderin fällt beinahe in Ohnmacht, und Tante Käthe tockert fordernd mit ihrer Stockspitze auf das Laminat. »Gute Frau, Sie werden das hinkriegen.« Hugh, Tante

Käthe hat gesprochen und die Schneiderin nickt ergeben.

Wie von Geisterhand hervorgezaubert, liegen fünf Minuten später vier riesige Rollen mit knatschbunten Stoffen vor uns. Blau mit weiß kariert. Quietschgrün mit knallroten Herzchen. Gelb mit tausenderlei Gesprenkels. Der Hammer ist Lila, mit pinkfarbenen Ornamenten. Tante Käthe juchzt vor Vergnügen.

Wir bekommen einen Sonderpreis für das Quietschgrün mit knallroten Herzchen, weil gerade Adventzeit ist und »weil es ja irgendwie farblich zu Tannenbäumen und roten Christbaumkugeln passt«, bemerkt Frau Schneiderin nebenbei, kramt ihr Maßband heraus und beginnt, Tante Käthe zu vermessen. In drei Tagen dürfen wir das fertig gestellte Werk abholen, und ich bin mal wieder hoch erstaunt, was Tante Käthe alles erreicht.

Die rote Perücke borgen wir auf dem Heimweg bei der Vorsitzenden des Karnevalsvereins *Damenclub Heiterkeit*. Frau Vorsitzende wundert sich glücklicher Weise über gar nichts und wünscht schon mal Frohe Weihnachten. Das wünsche ich auch, und kann Tante Käthe noch so eben davon abhalten, die Perücke bereits auf der Straße zu tragen.

Ich habe noch immer keine Ahnung, wie ich sie in den Zirkus schleusen soll und mein Adrenalinspiegel steigt bei dem bloßen Gedanken bedrohlich an.

Natürlich kann mir der zuständige Herr vom Städtischen Kulturverein nicht helfen und natürlich erreiche ich weder den Zirkusdirektor noch sonst irgendjemanden. Das hält Tante Käthe allerdings keineswegs davon ab, ihr Geburtstagsgeschenk einzulösen. »Wir holen das Kostüm ab und fahren anschließend einfach hin. Wozu vorher noch lange telefonieren?«

Souverän parke ich auf Tante Käthes Anweisung direkt neben dem Raubtierkäfig. Ich bleibe vorsichtshalber im Auto sitzen. Tante Käthe schwingt sich aus dem Auto, scheucht mit ihrem Stock ein freilaufendes Dromedar beiseite und trommelt resolut gegen die erst beste Wohnwagentür. Sie muss ihren kompletten Charme versprüht haben, denn zehn Minuten später sitzen wir dem Zirkusdirektor gegenüber. Tapfer bringe ich unser Anliegen vor und anstelle des befürchteten »Wie bitte? Da könnte ja jeder kommen!«, nickt er wohlwollend. Warum auch nicht. Käthe erinnere ihn an seine Großmutter. Mit einem »Ach, ja, die gute Adele, Gott hab sie selig, ihr Leben war die Manege«, wird das Ganze per Handschlag besiegelt. Es geschehen in der Tat noch Zeichen und Wunder. Die Scheinchen, die ich ihm zu Begin unseres Gesprächs untergejubelt habe, haben sicher ebenfalls zu seiner großherzigen Entscheidung beigetragen.

Zwei Tage später sitzen wir in der Loge. Der komplette Familienclan, zwei Dutzend Nachbarn und ein befreundeter Fotograf haben sich sensationslustig angeschlossen. Tante Käthe haben wir vor einer Stunde samt handgefertigtem Kostüm zum Schminken abgegeben.

Die Vorstellung beginnt. Eine muntere Elefantenherde zieht ihre Kreise und ein Jongleur wirbelt in atemberaubendem Tempo brennende Keulen durch die Luft.

Die Hochseilartisten geben alles und die Spannung steigt.

Nach der Raubtiernummer sind die Clowns dran.

Trommelwirbel.

Der Direktor kündigt über sein Mikrofon einen Ehrengast an.

Die Familie applaudiert frenetisch und das restliche Publikum klatscht tapfer mit.

Erneuter Trommelwirbel.

»Manege frei!«, schallt es aus den Lautsprechern.

Die Trompeter schmettern eine Fanfare, die sich sehen lassen kann.

Der Vorhang geht auf und Tante Käthe betritt die Bühne der Welt.

Sie strahlt wie ein Honigkuchenpferd unter dem knallbunten Gesicht. Die Perücke sitzt tadellos. Das schmucke Kostüm ist etwas groß geraten, aber ich finde, das macht nichts. Die Plusterhose steht ihr gut und der grüne Stoff mit den roten Herzchen leuchtet ebenso wie ihre Augen. Und man hat ihr Clownschuhe angezogen. Oha! Sie haben mindestens Größe fünfundsiebzig, und ich befürchte das Schlimmste. Doch Tante Käthe hält sich tapfer. Mit schwingendem Gehstock kommt sie über die Sägespäne getappt und winkt mit der freien Hand in die Menge. Die Kapelle setzt ein und das Publikum klatscht im Takt. In der Mitte der Manege bleibt Tante Käthe stehen und verbeugt sich elegant in alle Richtungen.

Zum Takt der Musik hebt sie waghalsig erst das rechte und gleich drauf das linke Bein. Dann zum rechten Bein den linken Arm. Und zum linken Bein den rechten Arm. Sie geht einen Schritt nach vorne. Tut so, als würde sie stolpern, fängt sich umständlich und lacht. Und wir Zuschauer lachen auch. Tante Käthe scheint überglücklich zu sein. Mir wird warm ums Herz. Wie konnte ich auch nur einen Moment an der Idee zweifeln, sie als Clown auftreten zu lassen?

Sie wirft einen imaginären Ball in die Reihen, beugt sich vor und schaut ihm nach. Ein Zuschauer tut so, als würde er ihn fangen. Tante Käthe schleudert ihm mit übertriebener Geste eine Kusshand zu. Dann wendet sie sich vermeintlich verschämt ab und legt den Kopf auf die Seite. Der Zuschauer wirft eine Kusshand zurück und Käthe fasst sich liebevoll erschrocken an die Wange.

Sie gibt dem Kapellmeister ein Zeichen und verneigt sich.

Die Musik setzt aus.

Aus der Clownhose zaubert sie eine Mundharmonika, setzt sie an die Lippen und beginnt zu spielen. *So ein Tag,*

so wunderschön wie heute! Gebannt lauschen wir der wunderschönen Melodie, die sie hervorzaubert.
Sie hat die Menschen in ihren Bann gezogen.
Tosender Applaus. Ich bin gerührt.
Die Kapelle setzt wieder ein, doch frage ich mich mittlerweile, wo die anderen Clowns bleiben. Besorgt blicke ich zum Eingang, wo die Hochseilartisten noch in ihren Bademänteln stehen. Ich sehe sie wild gestikulieren. Der Zirkusdirektor ruft panisch nach dem Dompteur. Ein ungutes Gefühl beschleicht mich.
Und dann geht alles ganz schnell.
Ein gellender Schrei zerreißt die Luft.
Die Kapelle verstummt.
Die Hochseilartisten bringen sich mit einem Sprung über die Bande in Sicherheit.
Das Publikum springt von den Stühlen.
Und Tante Käthe starrt auf einen pechschwarzen Panter, der sich ihr nähert.
Ich glaube, das gehört jetzt nicht zum Programm.
Mir stockt der Atem.
Endlich naht der Dompteur, legt einen Finger an die Lippen und setzt behutsam einen Fuß vor den anderen.
Der Panther schleicht unbeirrt weiter.
Ein ängstliches Raunen geht durch die Reihen.
Der Panter fixiert Käthe.
Und Käthe fixiert den Panter.
Der Dompteur ist nur noch wenige Schritte entfernt.
Tante Käthe weicht zurück.
Mein Herzschlag setzt aus.
Ich hole tief Luft und unterdrücke einen Schrei.
Das Publikum zieht hörbar die Luft ein.
Unsere Nerven sind zum Zerreißen gespannt.
Habe ich nicht schon immer gewusst, dass Tante Käthe unerschrocken zu allem bereit ist? Dass sie keine Angst kennt? Dass sie kämpft?

Noch ehe ich mich umgesehen habe, holt Tante Käthe aus und zieht dem Panter mit ihrem Stock eins über.

Damit hat er nicht gerechnet. Er erstarrt auf der Stelle.

Der Dompteur nutzt die Schrecksekunde und wirft ihm ein Netz über.

Emsige Helfer kommen mit einem Käfig herbeigeeilt und der Spuk hat ein Ende.

Die Zuschauer atmen aus und tosender Beifall setzt ein. Standing Ovations für Tante Käthe. Sämtliche Artisten stürmen augenblicklich die Manege und lassen sie hochleben. Ein Blitzlichtgewitter setzt ein. Der Zirkusdirektor hat von irgendwoher einen Blumenstrauß herbei gezaubert, verbeugt sich überschwänglich vor ihr und haucht einen Kuss auf ihre bunten Wangen. Ich könnte schwören, dass Tante Käthe in diesem Moment unter der Schminke errötet.

Sie hebt die Arme und winkt ins Publikum. Sie verneigt sich. Sie lacht und hakt sich beim Zirkusdirektor ein.

Die Kapelle spielt *Happy Birthday* und von der Kuppel schweben Millionen von kleinen silbernen Herzchen herab. Die Artisten zünden Wunderkerzen an und das Publikum erhebt sich von den Plätzen.

»Hoch soll sie leben«, singen wir gemeinsam.

Verstohlen wischt sie ein klitzekleines Tränchen weg und blinzelt mir zu.

So, wie ich Tante Käthe einschätze, wird sie als Nächstes einen Wohnwagen anschaffen wollen, um als festes Zirkusmitglied ihren Lebensabend zu verbringen.

Die Nachbarn werden die Köpfe schütteln.

Der Hausarzt wird die Hände über dem Kopf zusammenschlagen.

Aber Tante Käthe wird glücklich sein.

Lili Wirbelwind

Wie aus dem Nichts kam sie dahergeschwebt und landete auf meinem Küchentisch.
Sie war zierlich und hatte ungefähr die Größe meines Kajalstiftes. Sie machte einen Knicks und zupfte zunächst sorgfältig ihr Kleidchen zurecht, um anschließend auf dem Henkel meiner Kaffeetasse Platz zu nehmen. Dann deutete sie mit einem winzigen Stab auf mich und ich wartete förmlich darauf, dass es »Pling« machen und sie mich in ein Kaninchen verzaubern würde. Oder dass sie mir drei Wünsche in Aussicht stellte. Doch nichts dergleichen geschah und so verbrachte ich die folgenden Sekunden damit, herauszufinden, ob ich noch schlief oder tatsächlich am Frühstückstisch saß.
Ich hoffte inbrünstig, noch zu schlafen.
»Ich heiße Lili Wirbelwind«, begann das Wesen zu sprechen, woraufhin ich mich augenblicklich an meinem Brötchen verschluckte. Toller Traum.
Geduldig wartete Lili ab, bis ich wieder zu Atem kam und sah mich dabei erwartungsvoll an.
»Wohl noch nie eine Fee gesehen, was?«, vernahm ich ihr keckes piepsiges Stimmchen.
»Stimmt«, antwortete ich, noch immer relativ verdattert und räusperte umständlich die letzten Krümel aus dem Hals. Gerne hätte ich einen Schluck Kaffee genommen, aber ich wagte nicht, das kleine Etwas von meiner Tasse zu verscheuchen.
»Also«, hob das Wesen erneut an. »Bevor wir lange drum herum reden, will ich dir mein Erscheinen erklären.« Lili Wirbelwind rückte sich in Position und setzte einen wichtigen Gesichtsausdruck auf. »Jede Fee darf sich hin und wieder einen Menschen aussuchen, um ihn auf dessen

Lebensweg zu begleiten und ihn in die richtigen Bahnen zu lenken.«
Sie machte eine kleine Pause.
Und ich kniff derweil in meinen Arm.
Lili plapperte weiter. »Ich habe mich für dich entschieden. Ich will dir helfen.« Bei diesen Worten kräuselte sie die Stirn und klimperte erwartungsvoll mit den Augenlidern.
»Danke, das ist sehr freundlich«, hüstelte ich vorsichtig, »aber ich benötige keine Hilfe.«
»Das sagen sie alle.« Lili neigte den Kopf und wippte lässig mit ihren Beinchen. »Aber ein bisschen Lebenshilfe hat noch niemandem geschadet.«
Aha. Na dann.
»Ok«, gab ich mich geschlagen. »Was schlägst du vor?«
Lili schien bereits einen Plan zu haben.
»Wir könnten zum Beispiel deine Handtasche aufräumen.«
Ob eine solche Aktion tatsächlich in die Abteilung Lebenshilfe gehörte, war für mein Empfinden fraglich. In der festen Annahme jedoch, mich in einer absoluten Tiefschlafphase zu befinden, ließ ich mich auf diesen Deal ein.
Unnötigen Ballast abwerfen und sich auf das Wesentliche beschränken, nannte Lili die Aufräumaktion. Immerhin hatte es den Vorteil, dass sowohl drei verloren geglaubte Lippenstifte als auch ein Handyladekabel und meine schon längere Zeit vermisste Digicam zum Vorschein kamen.
Praktisch fand ich überdies die Tatsache, dass meine Handtasche deutlich an Gewicht verlor, nachdem Lili einen Müsliriegel, ein Buch und tausend diverse unnütze Kleinteile für entsorgungswürdig hielt.
»Wenn du damit deine Aufgabe bei mir erfüllt hast, könntest du vielleicht kurz bei meiner Freundin Astrid vorbeischauen?«, fragte ich zaghaft. »Ihre Tasche hat ungefähr die dreifache Größe«.

Lili schüttelte jedoch energisch den Kopf und fuchtelte mit ihrem Zauberstäbchen vor meiner Nase herum. Irgendwie war mir, als würde sie damit glitzernde silbrige Sternchen verstreuen.

»Wir sind noch nicht fertig.«

»Ich muss aber ins Büro«, wehrte ich mich.

»Du lügst!«, wurde ich auf der Stelle von Fräulein Besserwisser zurechtgewiesen. »Heute ist Sonntag.«

»Ach ja, stimmt«, gab ich kleinlaut zu. »In Ordnung, aber höchstens noch eine Sache und dann beamst du dich bitte zu Astrid, bevor sie sich eine Schulterzerrung einfängt.«

Lili nickte. »Gut, kommen wir zu Lektion zwei: Neid und Missgunst.«

Erleichtert atmete ich auf und rief fröhlich, dass mir diese Eigenschaften fremd seien.

»Aha? Und was war neulich mit dem schwarzen Kleid?«

»Welches schwarze Kleid?«, fragte ich scheinheilig.

»Größe 38. Die Frau deines Kollegen hat es dir vor der Nase weggeschnappt, weil du es nicht geschafft hast, dich rechtzeitig hineinzuhungern.«

»Jetzt mach aber mal einen Punkt!«, rief ich empört aus. »Das ist ja wohl normal, dass man da ein bisschen enttäuscht ist.«

»Normal? Bisschen enttäuscht? Nein. Das war Neid. Und zwar volle Kanone. Und dein anschließender Ausspruch Astrid gegenüber, dass du der armen Frau Tränensäcke und Hängebusen wünschst und so viele Krampfadern, dass sich die Blutegel die Zähne daran ausbeißen, rührte nicht gerade von einer dezenten Enttäuschung. Die Verwünschung dieser Dame auf eine einsame Insel in der Gesellschaft von giftigen Skorpionen und beinbehaarten Spinnen übrigens auch nicht.«

»Können wir Lektion zwei bitte überspringen?«, schlug ich kleinlaut vor.

»Wir können sie zurückstellen«, lenkte Lili großzügig ein und ich nickte.

»In Ordnung«, sprach sie weiter. »Kommen wir zu Lektion drei: Wie ist es um deine Gesundheit bestellt? Treibst du regelmäßig Sport?«

Jesses.

»Nicht direkt«, antwortete ich nach einer kleinen Überlegungsphase.

»Was heißt nicht direkt?«

»Also – na ja – ich würde mal sagen – eher sporadisch.«

»Wie oft genau?«

Wie oft, wie oft. Meine Güte, sollte das ein Verhör werden? Lili klopfte bereits ungeduldig mit ihrem Feen-Stäbchen auf den Rand meiner Kaffeetasse. Dabei wusste sie doch längst, was ich wann gemacht hatte. Immerhin schien sie mich seit geraumer Zeit zu beobachten.

»Hör mal zu, du kleines Wesen. Ich bin keine Sportskanone. Und das weißt du ganz genau. Ich bin vor kurzem Fahrrad gefahren und habe mich dabei an die Grenzen des Erträglichen gestrampelt. Ach so, und dann war ich doch neulich zur Wassergymnastik. Mehr ist einfach nicht drin.« Ich sprang auf und holte mir eine neue Kaffeetasse.

»Möchtest du auch?«, fragte ich sie, um abzulenken.

Lili schüttelte den Kopf. »Kaffee ist ungesund.«

»Unliebsame Unterhaltungen auch«, murmelte ich.

»Ich bin noch neu im Geschäft«, hörte ich Lili weiterplappern. »Du bist mein erster richtiger Fall.«

Aha. Das erklärte Vieles.

»Ok, Schätzchen«, ergriff ich das Wort. »Du willst mich also offensichtlich bekehren.«

»Nein!«, rief Lili. »Ich will dir helfen, ein besserer Mensch zu werden.«

»Das ist ja in etwa dasselbe.«

Lili sprang von der Kaffeetasse herunter, spazierte zwischen Brötchenkorb und Marmeladenglas auf und ab und blieb irgendwann stehen um mich Stirn runzelnd anzusehen. »Jetzt hör endlich auf, dich in den Arm zu zwicken, das macht mich nervös. Du träumst nicht. Es gibt mich wirklich!« Sie richtete erneut ihr Zauberstäbchen auf mich, schien nachzudenken und sprach weiter: »Um noch einmal auf Neid und Missgunst zurückzukommen – «

»Vergiss es«, unterbrach ich sie. »Es gibt Wichtigeres.«

»Zum Beispiel?«

»Astrids Handtasche.«

Irgendwie war sie ja niedlich. Wo mochte sie leben? Wo war sie, wenn sie nicht auf meinem Küchentisch herumwanderte? Wer mochte ihr morgens die blonden Löckchen durchkämmen? Gibt es eigentlich Feenmütter?

Lili war mittlerweile auf das Marmeladenglas geschwebt, hatte die Ärmchen verschränkt und zog eine Schnute. »Du bist gemein«, rief sie. »Du machst mir meinen ersten Auftrag kaputt.«

»Bitte was?«, rief ich entgeistert. »Ich habe dich nicht hergebeten. Wenn du wirklich jemanden bekehren willst, gibt es genug Leute, die echten Dreck am Stecken haben.«

»Zu denen darf ich erst im dritten Lehrjahr«, sagte sie. »Ich soll erstmal klein anfangen. Bei netten Menschen«, setzte sie seufzend hinzu.

Bei netten Menschen? Sie fand mich nett? Mich?

Auf wie viel Uhr hatte ich eigentlich meinen Wecker gestellt?

Ich streckte meine Hand aus.

»Komm einmal her«, sagte ich leise und Lili kam angestakst. Sie wirkte leicht zerknirscht und ihre transparenten Flügelchen bebten.

»Ich muss dir etwas sagen«, stammelte sie leise. »Ich glaube, ich habe alles verkehrt gemacht. Uns Feen kann man normalerweise nicht sehen. Wir sollen in Gedanken mit unseren Menschen reden. Wenn jemand einen Zugang zu Feen hat, spürt er es und lässt sich von ihnen auf den

richtigen Weg leiten. Ok, ich hatte dich ausgesucht, weil ich dachte, dass du ein leichter Fall seist. Bist du aber nicht. Und ich habe von Anfang an alles vermasselt, weil ich aus Versehen sichtbar geworden bin. Wenn das rauskommt, kann ich einpacken.«
Ach herrje.
»Wir müssen es doch niemandem erzählen«, schlug ich vor, hob zum Schwur die Hand und strich anschließend zaghaft mit einem Finger über ihre goldenen Löckchen.
Lili hüpfte auf meine Handinnenfläche und strahlte mich an. »Dann haben wir beide also ein kleines Geheimnis!«, rief sie erleichtert, und ich nickte.
In Wahrheit hatte ich Lili doch längst ins Herz geschlossen und wünschte mir mit einem Mal, noch viele Stunden zu träumen.
Lili Wirbelwind kuschelte sich in meine Hand. Ich genoss es, die Wärme des kleinen Wesens zu spüren und fühlte mich auf wundersame Weise mit ihm verbunden. Beseelt schloss ich die Augen.

Das Geräusch der Haustüre lässt mich hochschrecken.
Mein Gatte kommt vom Joggen.
Ich schaue auf meine Hände.
Sie sind leer. Beide.
Mein Gatte betritt die Küche und starrt auf den Tisch.
»Oha, was ist denn hier passiert?«, fragt er grinsend.
Ich springe auf und starre ebenfalls.
Meine Handtasche steht da.
Und neben ihr liegt ein Berg unnützer Kleinkram.

NACHWORT

Ob es sie wirklich gibt, diese kleinen Feen?

Ich glaube ja.

Vielleicht nicht als zarte blondgelockte Wesen, aber wohl sicher in Form von liebenswerten und hilfsbereiten Menschen.

Ich jedenfalls habe das Gefühl, von vielen guten Feen umgeben zu sein. Gerade auch beim Schreiben dieser Kurzgeschichten war mir dies bewusst.

Deshalb möchte ich an dieser Stelle meinen ganz besonderen Dank all denen aussprechen, die mir behilflich waren, die mir mit Rat und Tat zur Seite standen, die mich »am Schreiben« hielten und mich ermuntert haben, meine Geschichten zu veröffentlichen.

Gisela Reuter